LA JEUNE FILLE AU PAIR

Joseph Joffo est né en 1931 à Paris, dans le XVIIIe arrondissement, où son père exploitait un salon de coiffure. Lui-même devient coiffeur comme son père et ses frères, après avoir fréquenté l'école communale et obtenu en 1945 le certificat d'études – son seul diplôme, dit-il avec fierté et malice, car chacun sait que l'accumulation des « peaux d'âne » n'a jamais donné de talent à qui n'en a pas.

Celui qu'il possède, Joseph Joffo le découvre en 1971 lorsque, immobilisé par un accident de ski, il s'amuse à mettre sur le papier ses souvenirs d'enfance : ce sera Un sac de billes *paru en 1973, tout de suite best-seller traduit en dix-huit langues, dont des extraits figurent dans plusieurs manuels scolaires et dont un film s'inspirera.*

Suivront Anna et son orchestre *(1975), qui reçoit le premier Prix RTL Grand Public;* Baby-foot *(1977);* La Vieille Dame de Djerba *(1979);* Tendre Eté *(1981);* Simon et l'enfant *(1985);* Le Cavalier de la Terre promise; Abraham Lévy, curé de campagne *(1988); et deux contes pour enfants :* Le Fruit aux mille saveurs *et* La Carpe.

Montmartre à la Libération.

Jeune Allemande arrivée à Paris, Wanda devient fille au pair auprès d'une famille juive, les Finkelstein. Elle espère ainsi pénétrer dans cette communauté et comprendre ces gens que les nazis avaient voués à l'extermination.

Peu à peu, grâce à Samuel, Hélène et leurs enfants, la jeune fille va abandonner ses préjugés et commencer à apprécier et à mieux comprendre ce peuple qui se découvre à elle. Pourtant, malgré l'amitié neuve qui la soutient, il lui arrive de disparaître sans raison ni objet. Qu'est-elle venue chercher là, en fait ? La paix ? Le pardon, la libération de sa mémoire ? Et si oui, de quoi ? Quel est le secret qui hante la vie de Wanda ?

Ce récit bouleversant, mais tendre et drôle aussi, est l'histoire d'une expiation où le cœur mène l'esprit, où l'apprentissage de la fraternité humaine débouche sur une véritable conversion intérieure.

Une œuvre de réconciliation.

JOSEPH JOFFO

La Jeune Fille au pair

J.-C. LATTÈS

AVERTISSEMENT

Ce livre n'est pas le fait d'un historien, tout juste est-il celui d'un homme qui se voudrait témoin de son temps.

A son origine se rencontre une confidence faite à demi-mot un soir, au cours d'un dîner, par l'une de mes amies. « Voyez-vous, il fallait bien du courage en 1953 pour employer une jeune Allemande. Alors que nous sortions d'un camp, mon mari et moi ! » Sous l'effet de la surprise je ne sus que répondre et demeurai muet tout au long du repas.

Puis je repris le cours ordinaire de mes jours. Mais cet aveu m'habitait. Je ne pouvais m'empêcher de songer à ces amis juifs qui, sans craindre la rumeur ni les murmures, avaient engagé une jeune fille d'origine allemande qu'ils savaient attachée à connaître notre communauté.

Et j'ai rêvé, trois ans durant, au destin de cette femme, son installation et sa vie dans cette famille, l'apprentissage qu'elle y fit de l'amour et la découverte de ce peuple que les siens avaient considéré comme moins qu'humain. Je me suis insinué en elle jusqu'à pouvoir retracer son cheminement de l'intérieur.

Certes, il est possible que, parfois, j'aie outrepassé mon modèle, lui aie prêté des soucis qui ne lui furent pas propres. Mais quelle est la mesure de ma démesure ? Je l'ignore et sais simplement que la situation vraie qui m'a inspiré recelait déjà en elle les paradoxes et les invraisemblances, les scandales les plus énormes.

7

Je ne vous livre ici que ce que j'en ai imaginé, l'histoire telle qu'elle m'est apparue, cette jeune fille en ses tourments et ses heurs et ce bonheur, au terme, qui devrait être le lot de tous les hommes et des femmes de bonne volonté.

1

Le train s'immobilisa dans un long crissement de freins parmi les jets de vapeur de la locomotive. Dans les couloirs, les passagers se pressaient déjà, les yeux rougis de fatigue, lassés du long trajet, anxieux de retrouver leur ville et les leurs.

Sur le quai, des hommes en casquette et blouse bleues hélaient les arrivants : «Porteur!» Des chariots électriques, tractant d'interminables tréteaux de bois, obligeaient les voyageurs à se tasser sans ménagements contre les wagons qu'ils étaient si heureux de quitter. A la sortie, là-bas, des gens lançaient des appels et des saluts joyeux, des grooms d'hôtel brandissaient des pancartes au nom de leurs futurs clients.

Dernière dans son compartiment, Wanda prit tout son temps pour s'envelopper dans son vaste manteau de laine grise, descendre péniblement une valise aux coins plaqués de métal qui avait sûrement connu des jours meilleurs, rectifier enfin la mèche de chevelure blonde qui s'échappait du chignon haut placé au-dessus de ses yeux d'un bleu limpide. Pour elle, nulle urgence. Personne ne l'attendait. Pourtant, elle ressentit comme un sentiment d'exaltation en traînant son bagage le long du couloir maintenant vide. Enfin, après cette nuit interminable, elle était arrivée. Tout au bout de ce quai encombré, il y avait Paris. Paris où personne ne connaissait Wanda Schomberg. Paris et une vie nouvelle. Paris, la grande ville où il ferait si bon se perdre.

Elle refusa l'aide d'un voyageur obligeant qui, lorgnant la jolie fille, proposait de se charger de sa valise, repoussa de même l'offre d'un porteur. Elle ignorait combien de jours s'écouleraient avant qu'elle ne trouve un travail et en attendant, elle ne disposait pas de tant d'argent. Là-bas, à Zurich, Oncle Otto et Tante Ilse ne l'avaient nantie que d'un maigre pécule. Eux qui l'avaient accueillie autrefois à bras ouverts s'étaient pourtant longtemps montrés gentils et même affectueux envers la petite fille qu'ils avaient acceptée dans leur foyer. Il était vrai qu'alors, elle était riche et disposait d'appuis, songea-t-elle sans amertume. A présent, ils n'avaient eu qu'une hâte : se débarrasser de la jeune femme pauvre et sans soutien qu'elle était devenue. Une jeune femme démunie et beaucoup trop belle aussi au gré de Ilse et de Cousine Ursula.

Alors, quand Wanda avait annoncé qu'après avoir mûrement réfléchi elle comptait quitter la Suisse, sa famille d'adoption et gagner Paris, les Huber n'avaient été que trop heureux de la laisser partir. Pas de mises en garde inutiles. Après tout, Wanda n'avait peut-être que vingt ans en ce début d'automne 1950 mais la vie s'était chargée de la mûrir et son existence avait été riche en expériences. Les hauts et les bas, Wanda connaissait. La solitude et les souffrances aussi.

Oncle Otto s'était contenté de la convoquer dans son bureau et de lui remettre solennellement une mince liasse de billets de banque. « Tout ce qu'il te reste, ma pauvre enfant. Mais après tout, ce sont des francs suisses. Ils valent cher dans l'Europe d'aujourd'hui. Avec ça, si tu es raisonnable, tu pourras tenir un moment à Paris. » Wanda avait rangé soigneusement l'argent dans son portefeuille de daim noir. Elle rangeait tout avec soin. Si elle soupçonna Oncle Otto de conserver par-devers lui une partie de la somme qui lui revenait encore, elle n'en montra rien. Wanda remercia en souvenir des jours anciens et entreprit aussitôt de faire sa valise.

Seule, elle avait pris son billet. Seule, elle s'était rendue en tramway à la gare. Et seule, elle débarquait à présent.

Au bout du quai, elle tendit son ticket à un contrôleur indifférent. Elle lui demanda de lui indiquer la consigne où elle pourrait déposer son chargement tandis que, d'emblée, elle chercherait logement et travail. D'un vague mouvement de tête, il lui indiqua un bureau vers la droite. Derrière le comptoir, un homme rougeaud se montra plus courtois. En lui remettant son titre de dépôt, il la renseigna sur les horaires d'ouverture qu'elle ne lui demandait pas, les ayant déjà appris sur la pancarte accrochée dehors, sur le battant.

Voilà. Elle avait maintenant les mains libres. Il ne lui restait plus qu'un grand sac en bandoulière et, devant elle, une existence à reconstruire. Wanda poussa un soupir de soulagement et s'autorisa enfin à sourire. Autant commencer tout de suite, pensa-t-elle.

Malgré l'heure matinale, la plus grande animation régnait gare de Lyon. Tous les kiosques, tabacs et journaux étaient ouverts, le buffet aussi.

Devant le comptoir «presse», elle hésita longtemps, examinant les titres : *Franc-Tireur*, *Libération*, *Le Parisien libéré*, *Combat*, *L'Humanité*… Lequel choisir ? Elle se résigna à interroger le vendeur.

— Pour du travail, lequel contient le plus d'annonces ?

Il n'hésita pas :

— Prenez *France-Soir*, tout le monde lit *France-Soir*.

Elle paya, remercia et s'éloigna tandis qu'il lui lançait gaiement :

— Mais attention, c'est peut-être le plus lu mais c'est aussi le plus sale.

— Comment ça, le plus sale ? interrogea-t-elle, fronçant les sourcils et se demandant si, flairant l'étrangère, il ne s'était pas moqué d'elle en lui refilant quelque torchon pornographique. A sa mine, l'homme comprit ses doutes et rit franchement.

— Sale, je veux dire pour l'encre. C'est le canard qui bave le plus. Chaque fois que j'en sors un, je m'en mets plein les doigts. Sinon, *France-Soir,* c'est très bien. Pas seulement pour les annonces mais aussi pour les nouvelles et les potins.

— J'enfilerai des gants, dit-elle en lui rendant son sourire.

Et, de meilleure humeur, elle pénétra dans le buffet, commanda café-crème et croissant, puis, les pieds dans la sciure qui recouvrait un carrelage aux couleurs indistinctes, elle entreprit de scruter les colonnes de petites annonces.

Bon, elle était affligée d'un accent un peu guttural, certes, mais de prime abord indéfinissable. Et n'empêche, elle parlait un français presque courant si l'on exceptait quelques expressions par trop romandes enseignées au lycée. Son allemand, bien sûr, était impeccable et nullement entaché, lui, d'idiomes helvétiques. Alors, que chercher ?

Elle négligea tout ce qui concernait la comptabilité. Elle n'y connaissait rien et n'avait nulle intention d'apprendre. Secrétaire ? Elle ne savait pas taper à la machine et, même si on ne lui réclamait que des travaux d'écriture, rien dans le nom des entreprises demandeuses n'indiquait si elles appartenaient au monde qu'elle recherchait, au milieu qu'elle tenait tant à rejoindre. De même pour les emplois de vendeuses. Comment savoir qui étaient les propriétaires du « Chic de Paris » ou de « Au Bon Tailleur » ? Elle laissa errer son regard sur la page et soudain, tout son visage s'éclaira :

« Samuel Finkelstein recherche jeune fille au pair pour deux garçons de 8 et 10 ans. S'adresser 80 bd Barbès, Paris 18e. »

Fille au pair, s'occuper de gamins même éventuellement turbulents chez quelqu'un nommé Samuel Finkelstein, c'était exactement ce qui conviendrait à Wanda Schomberg. Sa physionomie s'illumina, ses prunelles marine étincelèrent dans un rayon de soleil quand elle releva la tête, considérant la ville, là-bas, par-delà les vitres embrumées du buffet de la gare.

Un jeune homme qui entrait, côté parvis, s'arrêta net devant sa table. Faisant mine d'être frappé au cœur par tant de beauté, taquin, il fit semblant de tituber et de se raccrocher de justesse au guéridon de marbre.

— J'ai besoin de m'asseoir, souffla-t-il. J'ai absolument besoin de m'asseoir.

Et sans attendre de réponse, il se laissa choir sur une chaise proche de Wanda.

Interdite par tant d'audace, la jeune fille ne put s'empêcher de se demander si le garçon n'était qu'un insolent trop sûr de lui ou s'il était véritablement malade. Quand il tira un mouchoir de sa poche et s'y plongea le visage comme s'il était en train de suffoquer, elle crut un instant qu'il avait vraiment besoin d'aide.

Elle interpella un serveur en long tablier noir.

— De l'eau, vous pouvez apporter un verre d'eau, je vous prie ? Ce monsieur…

— Ce monsieur préférerait un café, coupa vivement le prétendu malade. Un grand crème, s'il vous plaît ! A cette heure-ci, c'est quand même plus convenable, vous ne trouvez pas ?

Convenable, qu'est-ce qui était convenable, à Paris ? Maussade, le serveur prit la commande. Encore une fillette qui débarquait de sa province et qui allait se faire embarquer par n'importe qui ! Enfin, à lui, ce n'était pas ses oignons. Les siennes de mômes, il veillerait à ce qu'elles ne traînent pas toutes seules dans les cafés. Il savait trop bien ce qu'elles risquaient avec tous les individus louches qui rôdaient par là. Elles ne deviendraient pas des poules, ah ça non ! Quant à ce qui pourrait advenir à cette Boche — elle était boche, il l'avait compris rien qu'à son accent, il n'avait pas passé quatre ans au stalag pour rien —, alors là, il s'en fichait. Il s'en fichait même royalement.

Il apporta le café.

A la table, Wanda considérait le jeune homme, les yeux ronds. Lui s'esclaffait.

— Vous vous êtes inquiétée ? Vous vous êtes vraiment inquiétée ? Ma parole, c'est vous qui paraissez avoir besoin d'un verre d'eau, maintenant. Mais non, je ne suis pas malade. Au contraire même, je suis médecin. Enfin presque. Je termine ma cinquième année de médecine et je prépare ma thèse.

Par-dessus les tasses, il tendit la main.

— Excusez-moi. Je me présente : Richard Fabre.

Mue par des années d'entraînement aux bonnes manières et à la politesse, Wanda répondit machinalement :

— Wanda Schomberg.

Il la dévisagea. Soudain, c'était lui qui semblait méfiant. Cet accent rauque, ces allures de gretchen, ce n'était quand même pas une… Son père n'avait pas été déporté pour faits de résistance tandis que lui continuait à jouer en tremblant les porteurs de messages dans Paris occupé pour qu'il se laisse séduire à présent par une…

Il haussa les sourcils.

— Wanda Schomberg, tiens, tiens ! Et c'est quoi comme nom ?

Rien qu'au changement de ton, elle avait compris.

— Suisse. Je viens de Suisse. De Zurich, plus exactement.

D'un coup, il se rasséréna. Ç'aurait vraiment été dommage qu'une aussi jolie fille soit de la graine de nazie !

— De Suisse ? Quelle idée de débarquer à Paris en ce moment ? Vous avez de la famille ici ? Parce que, côté tourisme, avec ces grèves, toutes ces grèves et encore ces grèves… Sans parler des problèmes de rationnement, d'approvisionnement… Là-bas, vous étiez à l'abri de tout ça.

Bien sûr, Wanda savait parfaitement que les jeunes filles convenables ne se laissent pas aborder par des inconnus dans des buffets de gare. La vie lui avait déjà enseigné à ne jamais se montrer naïve ni trop confiante. Dans le train, elle n'avait pas desserré les dents. Cependant, il y avait si longtemps que nul ne lui avait témoigné d'intérêt et ne s'était montré chaleureux à son égard qu'elle ne put s'empêcher de répondre à ce jeune homme au bon regard noisette, à la tignasse brune ébouriffée, au visage si ouvert et si joyeux.

— J'en avais assez de tout ce calme. Toute l'Europe a été dévastée tandis qu'au bord de leurs lacs, les Suisses vaquaient à leurs affaires comme si de rien n'était… J'ai eu envie de m'installer un peu à Paris. D'y vivre, d'y travailler, de perfectionner mon français…

— Mais il est parfait, votre français, rétorqua vivement le garçon. Vraiment, quelle idée de quitter votre Suisse peinarde où on ne manque de rien pour ici où on manque de tout. Tiens, vous n'auriez pas une plaque de chocolat aux noisettes, par hasard ? J'en ai oublié le goût. Je n'en ai plus mangé depuis que j'étais tout petit, avant la guerre. Ne me mentez pas ! Vous avez sûrement du chocolat. Les Suisses, ça ne se déplace pas sans.

Elle acquiesça.

— C'est vrai. J'en ai emporté quelques tablettes. Mais elles sont dans ma valise, à la consigne. Désolée, je n'en ai pas sur moi.

— On va les chercher, alors, fit-il, plein d'espoir.

Elle secoua la tête.

— Pas avant que j'aie trouvé où poser mon sac.

— Et vous avez une idée ?

Wanda lui montra le journal.

— Peut-être chez ce monsieur Samuel Finkelstein. Il a l'air d'avoir besoin de quelqu'un comme moi.

Il rit.

— Tout le monde a besoin de quelqu'un comme vous. Mais franchement, torcher les gosses des autres ! Vous méritez mieux que ça. Moi, je vous imagine très bien en modèle, en mannequin. Paris, la haute couture française, ça ne fait plus rêver du côté de Zurich ?

Le regard bleu s'embruma.

— A chacun ses rêves. Moi, une vraie maison, avec deux enfants de huit et dix ans qui, entre parenthèses, sont à cet âge parfaitement capables de se torcher eux-mêmes, ça me conviendrait tout à fait. A condition, bien sûr, que M. Samuel Finkelstein veuille de moi et que la place ne soit pas déjà prise.

Richard Fabre fit la moue.

— Fille au pair, dans le dix-huitième arrondissement... Les candidates ne doivent pas se bousculer au portillon chez M. Finkelstein. Surtout si elles ont votre allure ! Tant qu'à vous chercher une maison, autant voir grand et chic.

Du doigt, il souligna une autre annonce, un peu plus bas.

— « Mme Pierre de Torcy recherche jeune fille au pair pour fillettes quatre et six ans. 130 rue de Longchamp, Paris 16e. » Une Madame de... Le seizième, c'est-à-dire le meilleur arrondissement de Paris, ce ne serait pas mieux pour vous ?

Cet étudiant lui parut soudain bien éloigné des réalités de la vie.

— Vous n'y connaissez rien, dit Wanda. Votre Madame de... me toisera de haut et me fera manger à la cuisine. Ses filles me considéreront comme une domestique et pour ces gens-là, une domestique vaut moins que rien. Chez des Finkelstein, je serais sûrement considérée comme quelqu'un de la famille et c'est ça que je voudrais, appartenir à la famille Finkelstein.

— Vous avez tant besoin de famille ? s'enquit-il, apitoyé. C'est vrai que jeune, jolie et seule à l'étranger...

Comme frappé soudain d'une idée, il bondit sur ses pieds :

— Mais si c'est vraiment de la famille que vous voulez, alors là, avec moi, vous tombez bien. Moi, j'en ai plus qu'il m'en faut. Justement, je suis entré là pour boire un café en attendant mon train pour Montgeron où je dois déjeuner chez ma sœur. Elle a un mari très bien et abondance de mouflets : quatre. Accompagnez-moi donc. Ne dites pas non. Allez, je vous emmène. Il y a un bois tout à côté. On ira tous ensemble chercher des champignons et dans la soirée, je vous conduirai chez ce cher M. Finkelstein.

Mais Wanda n'avait nulle envie d'escapade à la campagne. D'ailleurs, et même si cela avait été le cas, elle n'aurait jamais suivi un étranger n'importe où, son corps moulu se refusait à remonter si vite dans un train, quel qu'il soit. Et elle n'avait qu'une hâte et une seule : trouver au plus vite sa place dans cette métropole, aller où elle souhaitait aller, vivre chez qui elle souhaitait vivre. Elle ne laisserait pas passer la moindre chance.

— Bon, se résigna Richard. Si vous ne m'accompagnez pas, c'est moi qui vous accompagnerai.

— Ce n'est pas la peine, je vous assure. Je trouverai très bien mon chemin toute seule. Je prendrai le métro.

— En grève, dit Richard.

— Alors, l'autobus.

— En grève, répéta Richard.

— Un taxi…

— Tous pris d'assaut.

— Je commence à croire que vous aviez raison. Quel pays ! Mais mes pieds ne sont pas en grève, eux, et j'ai l'habitude de marcher. Tant pis si c'est un peu loin.

— C'est loin, mais je vous accompagnerai quand même. Comme ça, je serai sûr que vous ne vous égarerez pas. Sinon, je vais me ronger les sangs. Et puis, je vous attendrai une demi-heure en bas, quand nous serons arrivés… Au cas où l'endroit et les gens ne vous plairaient pas, qu'il faille vous chercher un hôtel…

Se mettre en quête d'un hôtel en compagnie d'un

sémillant jeune Français, même sympathique, il n'en était certes pas question. En revanche, Wanda accepta volontiers l'offre de Richard de la conduire jusqu'au boulevard Barbès. Il avait raison. Elle ne connaissait rien aux rues de cette métropole et, avec lui pour l'aider, elle arriverait plus vite à bon port. Elle patienta donc, le temps qu'il téléphone chez sa sœur pour se décommander.

Wanda avait déjà reboutonné son grand manteau de laine quand il ressortit de la cabine.

— Alors, prête pour la grande aventure? plaisanta Richard.

— Prête, dit-elle.

Et il s'étonna de la gravité qui imprégnait soudain le visage de la blonde.

A quoi s'était-elle attendue? En arrivant sous le porche du 80, boulevard Barbès elle avait pu voir, inscrits en gros caractères, les noms des locataires de l'immeuble, et parmi eux celui de Samuel Finkelstein. Avant de gravir le grand escalier elle avait regardé sa montre : 12 h 30 déjà.

Depuis qu'elle était descendue du train tout s'était enchaîné comme en rêve, mais maintenant, tandis qu'elle cherchait le troisième gauche, elle avait le sentiment qu'elle allait devoir affronter sa première véritable épreuve : elle allait rencontrer un juif. Même si elle ne devait pas obtenir la place, elle allait enfin pouvoir vérifier si les juifs étaient tels qu'on les lui avait décrits. Ou, plutôt que vérifier, car elle était venue à Paris, justement parce qu'elle ne voulait pas croire ce qu'on lui avait enseigné, elle allait pouvoir enfin voir et comprendre.

Toute à ses réflexions elle monta les degrés mécaniquement, sans penser même à détailler les lieux et, lorsqu'elle se trouva devant la porte, marqua un temps d'arrêt, troublée par les rires d'enfants et les éclats de voix qui provenaient de derrière la porte. Puis, sans y songer, presque par défi, elle sonna.

Elle venait de rejeter, et pour la première fois de son existence par un acte volontaire, le poids de son passé.

Contemplant les cheveux de paille surmontant une physionomie carrée aux traits décidés, le menton creusé d'une fossette, elle hésita. L'homme qui venait de lui ouvrir, cet homme souriant et en bras de chemise était manifestement un homme du Nord. Ce pouvait même être un Allemand! Non! Ce n'était pas possible, elle ne pouvait être devant Samuel Finkelstein. Elle eut un mouvement de recul :

— Vous désirez, mademoiselle?

— Je cherche M. Samuel Finkelstein… excusez-moi, j'ai dû me tromper d'étage.

— Pas du tout, je suis Samuel Finkelstein.

Elle resta sans voix, ne sut que répondre, mais l'homme ne semblait pas attendre de réponse immédiate. Il la dévisageait, semblait vouloir reconnaître en elle quelque chose comme si elle avait été une parente éloignée, surgie de quelque lointain souvenir. Deux ans plus tôt, une cousine qu'on croyait à jamais disparue dans les cendres de Maidanek était ainsi venue frapper à son huis. Elle était la seule rescapée des Finkelstein de Varsovie. Son physique si typiquement aryen lui avait permis de se dissimuler dans la foule catholique polonaise, hors les murs du ghetto. Il ne connaissait Rivka que d'après quelques photos la représentant petite fille et ç'avait été une belle jeune femme élancée qui s'était présentée à lui. Avec son épouse Hélène, il était tombé d'accord pour recueillir celle dont ils étaient désormais les seuls parents. Mais Rivka n'avait rien voulu entendre. Elle n'était que de passage à Paris, le temps d'obtenir un visa pour l'Australie par le biais d'organisations juives d'aide aux réfugiés. Jamais elle ne serait assez loin de cette Europe où le nazisme était né et pouvait revenir, mortel, dévastateur. Elle avait dormi quelques nuits, là-haut, dans la chambre d'amis et puis, elle était repartie. Une lettre leur était parvenue quelques mois plus tard. Elle n'avait pas tardé à trouver mari, la belle Rivka. Et elle avait hâte d'avoir des enfants, beaucoup d'enfants et très vite, pour remplacer tous ceux disparus dans les fours de la mort.

Qui donc était cette jeune fille aux yeux clairs et aux cheveux blonds noués en chignon ? Qui était-elle ?

— Que puis-je pour vous ? demanda-t-il.

— Je viens pour l'annonce, répondit-elle timidement.

L'annonce ? Samuel soupira. Il n'y avait pas tant de miracles, après tout.

Comme il demeurait silencieux, l'inconnue insista :

— Vous cherchez bien une jeune fille au pair, non ? J'ai lu votre annonce, dans *France-Soir*.

Se frottant les yeux comme pour en chasser un mirage, vite, l'homme se reprit :

— Ah oui, bien sûr. Enfin, c'est plutôt ma femme qui veut recruter quelqu'un pour s'occuper des enfants. Avec la maison, la boutique, elle ne s'en sort plus. Mais entrez donc, mademoiselle. Mademoiselle comment, au fait ?

— Wanda Schomberg.

— Wanda ?

Son front se plissa.

— Vous n'êtes pas polonaise, au moins ?

— J'arrive de Zurich, dit-elle.

— De Zurich ?

Comme Richard Fabre tout à l'heure, il s'étonnait :

— De Zurich ? Et vous voulez quitter la Suisse pour vivre en France ? Bah, ça vous regarde.

Samuel haussa les épaules. Tant de gens avaient la bougeotte ces temps-ci, en cette Europe qui pansait encore ses plaies. A chacun ses problèmes, à chacun ses soucis, à chacun ses secrets.

— Bon, vous expliquerez tout ça à ma femme, reprit-il. Pour les gosses, c'est elle qui décide. Je vais la chercher.

Ouvrant une porte, il introduisit Wanda dans une vaste salle à manger. Huit chaises au dossier droit flanquaient une grande table d'acajou, surmontée d'une girandole de

cristal. Du même bois, un long buffet, une vitrine expo-
sant des services de verres étaient plaqués contre les
murs. Pas de coin-salon, ni canapé, ni fauteuil, Wanda se
demanda où s'asseoir.

Samuel tira une chaise.

— Attendez un instant, je vous prie.

Elle l'entendit crier « Hélène, Hélène » dans le couloir
et, bientôt, une jeune femme apparut.

« Hélène » était plus conforme à l'idée que Wanda se
faisait de quelqu'un s'appelant Finkelstein. Brune, très
brune, des yeux noirs, très noirs, et la peau mate. Mais le
nez était petit et droit, les prunelles comme des lacs
sombres et oui, Hélène Finkelstein était jolie, très jolie
même. Et ses fines lèvres roses découvrirent des dents
impeccablement plantées quand elle sourit :

— Alors, vous venez pour l'annonce ? Avec toutes
ces grèves, je ne pensais pas que quelqu'un se présente-
rait si vite.

Wanda retint un soupir de soulagement. Ainsi, pour
l'instant, elle était la seule candidate pour cette place.
Elle put répondre calmement au petit interrogatoire de la
mère de famille.

Elle venait de Suisse, de Suisse alémanique. (Ah, c'était
donc ça, cet accent.) Non, ce n'était pas si bizarre que cela
qu'elle veuille passer quelque temps à Paris. Elle avait
besoin d'améliorer son français. Oui, elle le parlait déjà
bien. En Suisse d'ailleurs, tout le monde ou presque était
bilingue mais si on voulait travailler dans une organisation
internationale, pour la plupart basées à Genève, c'était la
perfection qui était exigée. Un séjour en France s'imposait
donc, surtout pour oublier les tournures idiomatiques
romandes et gommer encore, si possible, son accent.

— C'est quoi, les tournures idiomatiques romandes ?
s'enquit Hélène.

— Oh, un professeur nous en a expliqué quelques-
unes. Par exemple, en Suisse, on dit septante-deux, pas

soixante-douze. Quand des événements se présentent plus favorablement que prévu, on se déclare «déçu en bien», des choses comme ça… Enfin, des tournures à ne surtout pas employer dans des documents officiels internationaux.

— Je comprends, dit Hélène. Quoique, être «déçue en bien» de temps en temps, ça me plairait plutôt…

De nouveau, elle considéra Wanda. Cette jeune personne avait bonne allure. Les garçons n'auraient pas honte d'elle quand elle les accompagnerait à l'école ou au jardin. Les Suisses avaient pour réputation d'être soigneux et travailleurs. La question fondamentale, c'était quand même :

— Aimez-vous les enfants ?

Le visage de la Zurichoise s'illumina.

— Je les adore.

— Même un peu turbulents ?

— Surtout un peu turbulents.

Assise à la table recouverte d'une plaque de verre, face à Wanda, Hélène Finkelstein appuya sa tête sur ses coudes. Elle réfléchissait. Wanda Schomberg était sans doute issue d'un milieu aisé. Elle avait reçu une bonne éducation, c'était évident. Son manteau était de bonne coupe et il y avait longtemps qu'elle n'avait vu de tissu d'une telle qualité. Laine et cachemire. Comme son mari, Mme Finkelstein était du métier. Elle s'y connaissait en matière de vêtements. Elle regarda la Suissesse droit dans les yeux.

— David et Benjamin ne sont pas seulement des gamins turbulents. Ils sont spéciaux. Pour vous qui n'avez connu que la paix, ce seront des extraterrestres, ces petits Juifs de huit et dix ans, l'un né en 40, l'autre en 42. Ils ont passé leur petite enfance dans la crainte, sans connaître leur père. David avait à peine un an et demi et j'étais encore enceinte de Benjamin quand mon mari a été déporté à Auschwitz. Mais je n'ai pas attendu la suite et, juste après mon accouchement, je me suis enfuie.

Faux papiers, faux certificats de baptême. Quand même, j'avais beau dissimuler mon angoisse, les bébés la ressentaient. On ne peut vraiment pas dire que la petite enfance de David et Benjamin a été normale ! En plus, à la Libération, j'étais comme folle. Tous les jours, nous allions ensemble à l'hôtel Lutétia consulter les listes des déportés qui rentraient. Et puis un jour, Samuel est revenu. Amaigri, épuisé, mais là. Vivant. Vivant. Les enfants s'accrochaient à lui sans parvenir à y croire et moi aussi. Nous avons récupéré notre appartement d'avant-guerre, et le magasin. Nous travaillons dur mais nous sommes encore jeunes, heureux et réunis ; et nous réussirons. Mais le travail nous occupe à plein temps. C'est pourquoi je cherche une fille au pair, pour David et Benjamin. Quelqu'un qui veille sur eux et leur serve un peu de grande sœur. Qui les cajole et qui les gronde. Qui surveille leurs jeux et leurs devoirs. Qui les comprenne, surtout. Vous qui venez de la paix et de la prospérité, eux qui ne connaissent pas de repas de famille sans que l'on parle des morts et des camps, saurez-vous vous entendre ?

Les morts, la douleur, la souffrance…

— Je suis orpheline, répliqua Wanda. J'étais encore toute petite quand mes parents ont péri dans un accident de voiture. Oncle Otto et Tante Ilse ne m'ont pas tant gâtée que ça. Ils m'ont élevée dans le confort peut-être, mais sûrement pas dans la tendresse. Et, croyez-moi, quand je leur ai annoncé ma décision de partir, ils n'ont pas un instant songé à me retenir. Ils ne m'ont pas même accompagnée à la gare… Je n'ai pas connu les mêmes problèmes que David et Benjamin, madame Finkelstein, mais je sais ce qu'est une enfance difficile. Je saurai m'occuper d'eux.

— On peut toujours tenter un essai, dit Hélène, tandis que Wanda se mouchait. Nous irons ensemble chercher les enfants à quatre heures et demie, à la sortie des classes. L'école n'est pas très loin mais il y a beaucoup de rues à traverser et David est du genre à se précipiter en courant devant une voiture, rien que pour se prouver qu'il est brave et courageux comme son père ! En attendant, je vais vous montrer votre chambre. Vous verrez si vous avez envie d'y vivre.

La chambre était une chambre de bonne, juchée au septième étage. L'ascenseur s'arrêtait au sixième. Ensuite, il fallait emprunter un étroit escalier. Wanda fut soulagée de découvrir au bout un couloir et six portes repeints de frais. Et la chambre lui plut aussitôt avec ses murs blanchis à la chaux, son lit recouvert d'une courtepointe du même velours rouge que la penderie et les doubles rideaux. Il y avait un lavabo, dans un coin, et une petite salamandre pour chauffer la pièce les jours de froid.

— Bien sûr, ici ce sera chez vous et vous pourrez décorer les murs à votre guise, remarqua Mme Finkelstein.

Les toilettes étaient dans le couloir. Hélène en remit la clé à Wanda. Elles aussi étaient d'une parfaite propreté.

— Je crois que je me plairai ici, annonça la jeune fille.

Elle était libre. Elle était prête à se mettre dès aujourd'hui au service des Finkelstein. Non, elle n'était pas descendue dans un hôtel. Elle s'était mise en quête d'un emploi dès sa descente du train. Elle avait laissé sa valise à la consigne de la gare de Lyon. Mme Finkelstein proposa à Wanda de se charger de la récupérer. Qu'elle lui en confie le reçu et elle enverrait l'apprenti la chercher avec son triporteur. C'était encore le plus simple.

Elles redescendirent ensemble dans l'appartement. Dans la cuisine en Formica, Hélène offrit à Wanda un verre de thé et quelques gâteaux secs, et l'entretint de ses enfants en attendant l'heure de la sortie des classes.

En bas, sous le porche de l'immeuble, Richard Fabre avait patienté plus d'une heure dans l'espoir de jouer à nouveau les sauveteurs et les preux chevaliers. Wanda Schomberg n'avait pas reparu et il était à la fois ravi qu'elle ait trouvé si vite le travail qu'elle souhaitait, et désolé pour lui qui aurait volontiers continué à s'en occuper. En se dirigeant à grandes enjambées vers son domicile, il se rendit compte que, tout au long de leur marche dans Paris, il n'avait rien appris ou presque sur l'étrangère aux yeux bleus. Pourtant, la marche avait été longue.

De la gare de Lyon à la Bastille, en passant par la République, ils avaient remonté le boulevard Magenta jusqu'à Barbès-Rochechouart. Guide improvisé, Richard lui avait montré le métro aérien, les bistrots du quartier, parfois presque des bouges, la faune qui y sévissait, le marché noir, les soldats américains bradant leurs cartouches de cigarettes, Chesterfield ou Lucky Strike, toujours *regular size*, c'est-à-dire courtes et sans filtre, et les prostituées dans les ruelles adjacentes. Mais cela ne l'avait pas émue comme il s'y était attendu. Il avait conté des anecdotes qu'il espérait amusantes sur sa vie d'étudiant et ses premiers patients. Il avait tout dit de ses parents, son père médecin lui aussi, sa mère perpétuellement dolente, la sœur mère de famille à Montgeron, le frère journaliste sportif. Et l'inconnue, elle, toute droite à son côté, s'était tue, souriant à ses récits, pouffant parfois, demandant à l'occasion des précisions sur tel ou tel aspect de la vie parisienne qu'elle découvrait, s'étonnant d'apercevoir tant de revendeurs de cigarettes à la sauvette et de marchandes de quatre-saisons au triste étalage. Vraiment, Richard Fabre n'avait rien appris sur Wanda Schomberg.

Quand même, il disposait d'un renseignement précieux. Il savait qu'elle logeait dorénavant chez M. Samuel Finkelstein, 80 boulevard Barbès. Cette adresse, il était sûr de ne jamais l'oublier mais, pour plus de sécurité, avant de s'éloigner, il préféra la noter soigneusement sur un carnet.

Tel un vol de canards sauvages au-dessus d'un lac alpin, les enfants jaillirent soudain de l'école de brique rouge. Immobile au côté de sa nouvelle patronne, Wanda se demandait lesquels de ces gamins chaussés de galoches aux bruyantes semelles de bois, encapuchonnés dans des pèlerines sombres, brandissant de lourds cartables en carton, se révéleraient être ce David et ce Benjamin qu'il lui faudrait apprendre à aimer.

Tout à coup, ils furent là, le petit rouquin et le brun efflanqué aux mêmes regards sombres et graves. Chacun s'ancra plus fermement encore à une main de sa mère quand celle-ci leur présenta la jeune fille auprès d'elle :

— Benjamin, David, voici Wanda. Désormais, c'est elle qui s'occupera de vous. Mlle Schomberg habite maintenant chez nous. Elle vous emmènera à l'école, veillera sur vos devoirs, ira avec vous au square et prenez garde à bien tenir votre chambre en ordre, Mlle Schomberg saura aussi très bien se mettre en colère.

Deux frimousses inquiètes dévisagèrent l'intruse avec méfiance.

— Bonjour, dit Wanda, leur dédiant son plus séduisant sourire, celui qui eût enchanté et enchaîné Richard à jamais s'il en avait été l'heureux bénéficiaire.

Et elle se pencha pour embrasser les deux enfants.

Benjamin se blottit davantage encore contre Hélène. David dévisagea la jeune fille avec curiosité et se risqua à lui tendre une main tachée d'encre.

— Bonjour, mademoiselle.

— Pas mademoiselle, Wanda. Je m'appelle Wanda.

— Alors, bonjour, Wanda, fit David.

Comme Hélène le poussait en avant, Benjamin se résigna à répéter en écho :

— B'jour, W'da.

Pour ce premier goûter, Hélène fut présente. Elle indiqua à la nouvelle fille au pair où se trouvaient les bols dans le buffet de la cuisine, comment allumer la gazinière récalcitrante, tartina elle-même de margarine quelques tranches de pain. A la table de Formica, Wanda s'efforçait de faire parler les garçons.

— Vous avez beaucoup de petits amis à l'école ?

David déclara avoir de la chance. Dans sa classe, il y avait davantage de juifs que dans celle de Benjamin. Alors, naturellement, il avait beaucoup plus de copains.

— Pierre Zylberberg, Maurice Fleischman, Joseph Teitelbaum, André Grynspan…, énuméra-t-il. On joue ensemble à la récré et on se laisse pas embêter par les autres.

— Pourquoi ? demanda-t-elle. Vous ne voulez pas jouer avec les petits garçons non-juifs ?

— De temps en temps, d'accord. Mais on préfère rester entre nous. Les autres, c'est pas pareil. Ils peuvent pas comprendre.

— Ouais, les autres, c'est les autres, renchérit Benjamin. Vous savez comme ils sont, ceux qui ne sont pas juifs, madem…, pardon, Wanda.

— Je ne suis pas juive, dit Wanda et, comme si elle ne remarquait pas les regards soudain écarquillés, elle poursuivit : je ne suis pas juive et pourtant, je vous assure, je peux comprendre ce que c'est que de se sentir différent. Après tout, en France, je suis étrangère. Je suis donc différente, moi aussi.

Comme s'il ne parvenait pas à digérer la stupéfiante nouvelle que ses parents avaient laissé une non-juive s'installer à demeure, David insista :

— Mais Schomberg, c'est un nom juif, pourtant.

— Ça pourrait être aussi alsacien. Ou allemand, dit Hélène.

Deux faces horrifiées s'élevèrent au-dessus des bols.

— Elle est… Elle est… allemande, s'étrangla Benjamin, à la fois affolé et incrédule.

D'une main passée dans la chevelure rousse perpétuellement emmêlée, sa mère le rassura :

— Wanda est de Zurich, en Suisse alémanique. Elle

est suisse, pas allemande et les Suisses ont aidé les juifs pendant la guerre.

— Tous les Suisses ? s'informa David.

— Pas tous, mais certains.

— Comme les Français, alors ?

— Un peu. Sauf qu'une fois qu'un juif réussissait à passer la frontière suisse, il était à l'abri. Les Allemands ne pouvaient plus aller le chercher là-bas. Les Suisses ne l'auraient jamais permis. Eux, ils n'ont pas laissé entrer les Allemands dans leur pays. Il n'y a pas eu de guerre en Suisse, pas de rafles de juifs, pas de déportations. Là-bas, c'était la paix.

— Alors, elle ne sait pas ce que c'est de se cacher tout le temps, d'avoir peur de se retrouver tout seul, sans plus de mère, ni de père, se buta Benjamin.

— Si, elle sait, dit Hélène. Ce n'est pas seulement dans les camps qu'on perd ses parents. Wanda est orpheline depuis qu'elle est toute petite. Un accident de voiture…

David leva la tête vers un regard bleu embué de larmes.

— Oh, je suis désolé, dit-il.

— Un accident de voiture, ce n'est quand même pas la même chose qu'Auschwitz, fit Benjamin avec entêtement. Ça n'a rien de spécialement juif. Ça arrive à tout le monde !

— Le chagrin, c'est pareil pour tout le monde, soupira Hélène.

Plus tard, dans la grande chambre ensoleillée que partageaient les deux frères, tandis que, chacun devant sa petite table de bois blanc, ils ouvraient leurs cahiers, Benjamin murmura :

— Et si c'était une « souris grise » ?

— Une « souris grise » ?

— Oui, une de ces Allemandes qui travaillaient avec la Gestapo et tout ça pendant la guerre et qui riaient pendant qu'on torturait les juifs et les résistants.

David réfléchit.

— Pas possible, affirma-t-il enfin. Elle est beaucoup trop jeune pour ça. Elle allait encore à l'école quand les Boches étaient partout. Et puis, elle est suisse.

— Suisse allemande. Allemande, allemande, allemande, martela le cadet.

— Les Suisses même allemands n'aiment pas les Allemands. C'est Maman qui l'a dit.

— Mais…

— Et Maman a toujours raison.

Il s'interrompit. Wanda avait surgi sur le seuil, frêle dans une jupe écossaise surmontée d'un tricot prune. Ainsi vêtue, elle ressemblait davantage à une monitrice de leur patronage, à peine plus âgée qu'eux-mêmes, qu'à une dangereuse Walkyrie.

— Bien sûr que Maman a raison, reprit-elle. Les Suisses allemands n'aiment pas les Allemands parce que, comme ils ressemblent à des Allemands, qu'ils parlent comme des Allemands, ils ne peuvent plus aller nulle part dans le monde sans qu'on les déteste parce que les gens les prennent pour des Allemands. Pourtant, à l'exception d'une poignée, ils ont tout le temps détesté les nazis. Partout en Suisse, à Zurich comme à Genève ou à Bâle, les hommes gardaient en permanence un fusil à la maison au cas où Hitler voudrait tout à coup envahir leur pays comme l'Europe tout entière. Vous saviez ça ?

— Euh non, dit Benjamin en baissant la tête.

— Et qu'est-ce que vous pensez de ça, s'exclama David, il pense que vous…

— Tu peux me tutoyer, coupa Wanda. Ce sera plus facile pour nous tous. J'ai toujours été forte en français au lycée mais je m'y perds toujours entre les « tu » et les « vous » quand je ne m'adresse pas à plusieurs personnes.

David hésita une seconde avant de se lancer à nouveau :

— … Il pense que tu…

Entre deux hoquets de rire, il acheva :

— Il t'a prise pour une « souris grise ».

Wanda parut interloquée.

— A cause de mon manteau ? demanda-t-elle.

Toujours hoquetant et face à un Benjamin rouge comme une tomate, David expliqua ce qu'était une «souris grise». Elle fit la même remarque que lui, un peu plus tôt :

— Je ne suis pas assez vieille pour ça. Si j'avais été allemande, pendant la guerre, j'aurais été dans les Bund Deutscher Mädel, les Jeunesses hitlériennes pour les filles. On y abrutissait les gosses en leur apprenant à obéir au Führer jusqu'à la mort et en leur enseignant des tas de sottises sur la pureté de la race. Ah ! La pureté de la race...

Et son rire fusa, se mêlant à celui de David.

— Eh bien, je constate qu'on s'amuse beaucoup ici, s'exclama Samuel Finkelstein. Mais, les garçons, ne profitez pas de ce que Wanda vient tout juste d'arriver et cherche à devenir votre amie pour ne pas faire vos devoirs et oublier vos leçons. Pour aujourd'hui, c'est encore moi qui vérifierai tout ça. Wanda, Simon a rapporté votre valise de la gare. Rangez vos affaires et, si vous avez besoin de vous reposer un peu, ne redescendez que pour le dîner. Nous mangeons à sept heures.

David et Benjamin se plongèrent dans leurs livres tandis que, dans l'entrée, Samuel présentait Simon à Wanda. A peine âgé de dix-huit ans, l'apprenti contempla la jeune fille avec émerveillement et lui qui avait d'abord rechigné à cette besogne supplémentaire s'empara à nouveau de la valise comme s'il se fût agi d'un objet précieux.

En haut, il contempla la chambre d'un œil critique.

— Il manque une étagère si vous avez apporté des livres et vous avez aussi besoin d'une radio pour vous réveiller et vous endormir avec des chansons, décréta-t-il. Si vous voulez, je peux vous arranger tout ça. Je suis très bricoleur. Pour l'étagère, il suffit d'un bout de bois et de quelques clous et pour le poste, il y en a un vieux à la maison que je réparerai pour vous. Je m'occuperai de tout ça demain.

Comme il s'attardait, cherchant encore quelque chose à faire et à dire pour rester plus longtemps en compagnie de cette fille aussi belle que… que… qu'une actrice de cinéma, Wanda dut le chasser d'un « Merci » autoritaire, comme elle l'eût fait avec un groom d'un grand hôtel. Mais Simon ne connaissait pas les grands hôtels ni la façon dont les clients y traitaient les domestiques et il ne fut pas offusqué. Il pensa simplement que, comme toutes les autres jeunes filles convenables, celle-ci ne tenait pas à rester trop longtemps seule dans sa chambre avec un garçon et il se reprocha son manque de politesse. Il saurait se faire pardonner en se montrant utile. Elle était seule à Paris. Elle serait peut-être bien contente s'il l'invitait au cinéma, un soir. Pour l'heure, Simon n'était qu'apprenti mais plus tard, il en était convaincu, il serait un très grand tailleur. Wanda ferait un parfait mannequin pour ses premiers modèles.

Il descendit l'étroit escalier, perdu dans des rêves de faille et de dentelles. Là-haut, en prenant garde à bien les défroisser, la nouvelle fille au pair, pensant qu'à sa façon, elle aussi était une apprentie, suspendait soigneusement les quelques vêtements qu'elle avait choisi d'emporter pour leur confort et leur simplicité.

Il lui restait une demi-heure avant le dîner. Elle craignit de s'assoupir si elle s'allongeait sur la courtepointe rouge. La nuit en train, la longue marche dans Paris et ce tourbillon de visages nouveaux, elle était épuisée et, si elle n'avait craint de froisser les si accueillants Finkelstein, elle eût volontiers renoncé au repas familial.

Avec un soupir, elle se laissa aller sur l'unique chaise, la tête appuyée contre le dossier, passant en revue dans sa tête toutes ses connaissances du jour. Samuel Finkelstein et son surprenant physique de star hollywoodienne. Hélène Finkelstein et sa gentillesse. David le malicieux et Benjamin le méfiant. Richard…

Et à ces physionomies nouvelles s'en mêlèrent d'anciennes qu'elle s'efforça de chasser.

Il était une fois une grande maison de pierre meulière au milieu d'un grand jardin fleuri de roses, de tulipes et de bégonias. L'été, on y pique-niquait à l'ombre de chênes centenaires. L'hiver, on se réunissait devant la cheminée du salon, surmontée des trophées de chasse de Papa et, tout en contemplant un gai feu de bois, dans le crépitement des sarments, on écoutait l'un des disques de Maman. Le gramophone égrenait tour à tour aussi bien du Beethoven que du Strauss, Gershwin ou Zarah Leander. Bien calé dans son fauteuil de brocart, Papa levait de temps en temps la tête de son livre ou de son journal pour mieux sourire à sa femme et à ses enfants, un petit garçon et une petite fille blonde aux yeux clairs, comme leurs parents.

Il était une fois une grande maison de pierre meulière, à l'écart mais pourtant pas très loin du centre de la grande ville où Mademoiselle ou Maman emmenait parfois le petit garçon et la petite fille pour une tournée des magasins et puis ensuite s'asseoir à la terrasse d'un café afin d'y déguster glaces au chocolat ou gâteaux à la crème.

Papa et Maman sortaient souvent, le soir, et la petite fille adorait regarder Maman s'habiller de longues robes de satin ou de mousseline aux décolletés plongeants, choisir longuement devant sa coiffeuse les bijoux, perles ou diamants, qui les mettraient en valeur puis, scintillante, descendre l'escalier vers Papa qui patientait en bas, rayonnant dans son smoking tour à tour blanc ou noir. Ensuite seulement, la petite fille acceptait sans rechigner que Mademoiselle l'emmenât se coucher.

C'était bon aussi de guetter à l'occasion, derrière la porte de la salle à manger, les vastes tablées des invités de Papa et de Maman. Maman était la plus belle, la plus élégante, bien sûr, mais la petite fille admirait le chatoiement de toutes les toilettes, s'émerveillait des rires et de la vivacité des propos tandis que la soubrette, court tablier blanc et collerette dans les cheveux, la bousculait au passage en brandissant ses plats.

Il y avait des promenades en voiture, cheveux au vent, des séances de canotage sur le lac, au milieu du grand parc de la ville, des vacances dans des manoirs où l'on retrouvait cousins et cousines pour de longues randonnées en montagne ou en campagne et de merveilleuses parties de cache-cache dans les greniers. Quels goûters aussi !

Il était une fois une petite fille blonde, heureuse, confiante et choyée, bien au chaud avec grand frère, Papa et Maman, dans une grande maison de pierre meulière, aux pièces toujours fleuries et où régnaient les rires.

Derrière la mince cloison, des bruits de tuyauterie, de lavabo qui se vide, vinrent troubler la valse de Strauss dont s'émouvait la rêveuse. Elle se redressa, étira ses membres, ressentant d'un coup les courbatures et la fatigue du voyage. Il était temps de rejoindre les Finkelstein.

2

Les Finkelstein n'étaient pas ce que l'on peut appeler une famille très pratiquante. Pour eux être juif allait de soi, ils le savaient et, en eussent-ils douté, la vie s'était chargée de le leur rappeler. Ainsi Samuel, qui moins que le reste de la maison se souciait d'observer strictement les rites, se rendait-il à la synagogue, à l'occasion de Kippour, le jour du grand Pardon, pour se conformer à la tradition, suivre la coutume et revoir ses amis plutôt que mû par un véritable repentir. Hélène, de son côté, la fréquentait plus assidûment, ou, devrait-on dire, plus régulièrement. Mais c'était surtout pour s'entretenir des enfants avec le Razen.

Un jour Wanda l'avait accompagnée dans sa visite. Au moment de franchir le seuil du lieu sacré, elle s'était glissée derrière Hélène et avait calqué ses pas, ses gestes, jusqu'à sa contenance, sur elle. Mais, lorsque le Razen avait paru, elle avait laissé cette dernière aller seule à sa rencontre et s'était assise en retrait. De là, en attendant, elle avait observé le vieillard auquel Hélène parlait. Grand, légèrement voûté, il se tenait debout, les mains jointes sur le devant, tandis qu'il écoutait. Une barbe blanche soignée posait son visage et lui donnait un air doux et protecteur qui devenait paternel quand il se faisait attentif. Ce Razen était un saint homme, reconnu pour tel par toute la communauté, et, lorsque le Rébbé avait un empêchement, c'est lui qui prenait sa place. Et chaque fois, dans ces cas-là, il débutait son prône par cette petite phrase : « J'ai une réponse… à condition que vous ayez la question. »

Après qu'Hélène eut fini, elle fit signe à Wanda de s'approcher puis la présenta au Razen. La jeune femme n'hésita pas un instant et demanda tout soudain :

— Monsieur le Rabbin — pour elle il n'y avait aucune différence entre un Razen et un Rébbé —, pourriez-vous m'expliquer pourquoi les juifs, qui ont enduré tant de maux, célèbrent avec nostalgie les villages de Pologne où ils ont vécu et souffert ? Pourquoi continuent-ils à croire après tant de malheurs ?

Etonné, le Razen lui avait demandé de réitérer sa question. Après s'être donné le temps de la réflexion, lui qui avait toujours une réponse quand quelqu'un avait une question parla ainsi :

— La tradition… Mademoiselle, la tradition. En nous remémorant Belts et d'autres villes, comme Varsovie, nous préservons la mémoire. Nous autres juifs avons le culte du souvenir. Je pourrais même ajouter que notre plus grande force naît, surgit de notre faiblesse. On dit, généralement, que ce sont les faibles qui croient en Dieu. Cela vaut peut-être chez les autres mais pas chez nous. Chez nous, pour croire et continuer de croire il faut être très fort. N'en doutez pas, sans ses croyances le peuple juif n'aurait pas survécu, il n'aurait jamais rien bâti.

Wanda avait écouté le Razen avec un infini respect. Tout ce qu'il disait semblait vrai et sa manière même de s'exprimer rendait plus crédibles encore ses paroles. Son calme, les accents graves et mélodieux de sa voix évoquaient irrésistiblement une musique sacrée qui la rendait attentive au moindre souffle de cet homme.

Depuis lors, chaque fois qu'elle en avait l'occasion, Wanda s'échappait et venait visiter le Razen. Elle apprit ainsi qu'il avait été «chanteur» à Auschwitz, dans l'une de ces chorales que les nazis, par une sinistre dérision, avaient installées à l'entrée des camps pour accueillir les nouveaux arrivants. Il avait eu une vie mouvementée. Aîné d'une famille de sept enfants, il avait passé sa jeunesse en Pologne jusqu'à l'âge de douze ans. Pour échapper aux atteintes dont la communauté juive était victime dans ce pays, les siens avaient émigré en France où ils avaient vécu en paix quelques années durant avant la venue des Allemands. Pourtant, et malgré ce passé de douleur, le Razen n'avait jamais renoncé à son optimisme.

En dépit de leur apparente indifférence les Finkelstein menaient une vie juive. Chez eux toutes les fêtes étaient célébrées; Yom Kippour, Rosh Aschana, le Nouvel An juif, Soukkot, la fête des cabanes… Et en ces occasions la cuisine d'Hélène s'imprégnait de réminiscences. Elle reprenait les recettes que sa mère avait autrefois apprises à Radom, en Pologne; bortsch et boulettes de viande au kacha étaient fréquemment au menu et le samedi soir on conviait des amis à partager bouillon au kneidlech et carpe farcie.

Un soir le Razen lui-même fut invité et Wanda put alors l'entendre conter le plus beau Shabbat qu'il ait jamais vécu. Il faut dire que le Razen était un hôte recherché pour les merveilleuses histoires qu'il trouvait toujours à raconter. Ce soir-là il ne faillit pas à sa réputation et, comme il prenait la parole, tout le monde fit silence pour l'écouter :

— Mon père, comme son père, était *schmarazvonik*, ce qui signifie chez nous porteur d'eau. Il avait commencé des études pour être Rébbé mais la mort prématurée de son père l'avait forcé à s'atteler à la charrette. Depuis il avait dû se contenter du maigre salaire que son métier lui octroyait et parfois, mais rarement, d'un petit supplément lorsqu'il y avait un déménagement auquel il participait. Il ne se plaignait pas de son état mais ne pouvait cependant se dissimuler ni nous dissimuler notre pauvreté qui nous obligeait souvent à ne pouvoir fêter le Shabbat dignement.

Ce vendredi matin ma mère se désolait. Nous n'allions avoir, une fois encore, que des pommes de terre pour célébrer Shabbat. Mon père avait commencé sa tournée, mes frères et sœurs jouaient devant la maison et moi, face à la fenêtre de la cuisine, je rêvais. Je pensais à ce monastère à l'orée du bois de bouleaux non loin du village. J'avais observé qu'attenant au bâtiment central se dressait un pigeonnier. C'étaient les roucoulements des pigeons qui avaient attiré mon attention un jour que je passais à proximité et m'avaient conduit à m'approcher de l'enceinte du monastère. De là où je m'étais posté j'avais pu les voir ; beaux, gras… et tendres probablement. Nulle mauvaise idée, à l'époque, ne m'avait traversé l'esprit, mais là, songeant à notre misère, ces pigeons m'apparaissaient comme un défi, une provocation. Et, quand me retournant je vis ma mère prostrée devant l'unique sac de pommes de terre qui nous restait, je n'eus aucune hésitation. Ce soir nous fêterions Shabbat comme les riches. J'allai dans la remise et, sans y paraître, me procurai un sac en toile de jute puis me glissai hors de la maison. Quelques instants plus tard je pénétrai dans la forêt pour me retrouver aux abords du monastère. Je fis le tour de l'enceinte à la recherche d'une entrée, d'un passage qui me permit d'atteindre le pigeonnier sans que l'on me remarque. Dieu était avec moi, car au détour d'un bosquet je butai contre un tas de gravats ; le mur, à cet endroit, s'était affaissé et c'est sans difficulté que je pus l'escalader. En cette heure matinale les moines étaient encore dans l'église et je n'eus pas même besoin de me dissimuler pour rejoindre le pigeonnier. Arrivé en haut de l'échelle je jetai un œil à l'intérieur. Ils étaient tous là, mes pigeons. On avait dû leur apporter leur pitance car ils s'agitaient autour des bacs, grimpant, se piétinant les uns sur les autres sans vergogne, se disputant les graines et tellement occupés de leur repas qu'ils ne s'effrayèrent même pas de mon intrusion. C'est tout juste s'ils s'écartaient sur mon passage. Alors je m'en suis donné à cœur joie. Il me suffisait de me baisser pour en saisir un, puis un autre et un autre encore, jusqu'à neuf que je fourrai dans mon sac. C'est au moment de redescendre que je fus pris d'inquiétude. Les criaillements des pigeons m'empêchaient d'entendre les chants venus de l'église et mon sac était agité de telles secousses que je craignis qu'il ne me trahisse avant que je ne sois sorti. Mais ce jour était un jour béni. Les moines étaient-ils toujours en l'église, étaient-ils au réfectoire ? Je n'en sais rien et ne le saurai jamais, mais le fait est que la cour était déserte. Je dévalai alors l'échelle sans précaution et courus jusqu'au mur que j'escaladai sans plus me préoccuper du bruit des éboulis.

Sur le chemin du retour je bondissais d'allégresse. Nous avions largement le temps de plumer les pigeons et de les apprêter pour Shabbat. Je pensais à la joie de ma mère, à la surprise de mon père et à la réputation héroïque que ce geste allait me valoir auprès de mes frères et sœurs.

Mais quand je présentai les pigeons à ma mère, celle-ci ne dit rien, haussa les sourcils seulement, les prit et les mit dans un coin. Puis, toujours sans un mot, repartit dans la maison vaquer à son ménage. Je ne comprenais pas son attitude. Lorsqu'à midi mon père revint, elle attendit la fin du déjeuner pour les lui présenter : «Regarde ce que ton fils m'a apporté ce matin ! dit-elle en lui tendant les pigeons, où est-il allé les chercher, à qui les a-t-il volés ? Je n'en sais rien. Et tu sais ce qu'il veut ? Il veut que je les prépare pour Shabbat !» Mon père se tourna alors vers moi et me demanda d'un ton étrangement calme : «Schlomo, ces pigeons ont-ils été tués selon les rites ?» Mon père n'était jamais violent mais son calme m'impressionna. Je savais qu'il détestait la ladrerie sous quelque espèce qu'elle se présente. Toutefois, sa question, bien qu'elle me contraignît à avouer la provenance des pigeons, trahissait un souci bien plus profond auquel je n'avais pas songé. Je racontai alors sans honte, quoiqu'un peu gêné, mon larcin. Mon père ne me sermonna pas, il se tut au contraire puis laissa tomber : «Il faut demander l'avis du Rébbé sur cette affaire.»

Notre rabbin était un sage et c'est sagement qu'il parla :

— La première *mitsva*, le premier devoir d'un juif est de se conserver en vie, à condition de rester juif en son cœur. Ces pigeons élevés par des goys ont été tués par un juif pour des juifs, et dans le but le plus noble, pour le Shabbat d'une belle famille. Ce que Dieu a fait, la main de l'homme ne doit pas le défaire. Non, et il ne manque à ces pigeons qu'une bénédiction.

Et ce disant il les prit et les bénit selon les rites.

J'entends encore aujourd'hui le ronflement de la cuisinière à bois qui nous servait de poêle. Je revois ma mère disposant sa plus belle nappe blanche sur la table et tous ces visages illuminés ; elle est là ma famille attablée, heureuse devant le plat de pigeons. Oui, sincèrement ce fut mon plus beau Shabbat.

Le Razen avait fini son histoire semble-t-il, mais se tournant vers Wanda il ajouta :

— Comment vous l'expliquer, chère Wanda, comment vous faire comprendre ? Tenez, pour vous je dirai simplement que ce fut beau comme un soir de Noël.

Tel était le Razen.

L'homme se tournait et se retournait encore sur sa paillasse. Il était seul dans sa geôle. Par le soupirail, entre les barreaux, il discernait un lambeau de nuit claire. Quelque part, plus loin, dans un ailleurs inaccessible, il devait régner un beau clair de lune.

Il ignorait pourquoi on l'avait enfermé là. Il ne savait pas combien de temps il y resterait. Certains de ses compagnons avaient été ignominieusement pendus. D'autres avaient choisi le suicide. Lui résistait à ses envies morbides. Pour sa fille. Pour qu'elle sache pourquoi il avait lutté. Pour qu'elle comprenne quels avaient été ses idéaux, ses rêves.

Il était là, emprisonné et ne se sentait coupable de rien. Il haïssait ceux qui le persécutaient. Ils ne le laissaient pas même dormir en paix. A intervalles irréguliers afin de mieux le déranger, une lumière surgie du judas illuminait la cellule, comme s'il eût pu s'échapper de ces épaisses murailles ou se faufiler entre les barreaux si drus !

Ils le considéraient avec dégoût, ne lui adressaient jamais la parole. Deux fois par jour, ils déposaient sur la table bancale qui, avec un tabouret sans dossier, constituait l'unique mobilier de la pièce toujours glacée un maigre brouet, un morceau de pain toujours rassis, un pichet d'eau tiède et puis sortaient, silencieusement. Certains avaient des visages plus amènes que d'autres mais d'aucun, le prisonnier n'avait tiré une parole. S'ils avaient accepté le dialogue, peut-être aurait-il pu leur faire comprendre qu'il n'avait rien à se reprocher, qu'il avait toujours agi conformément à sa conscience et selon la loi. Toujours, toujours, il avait respecté la loi.

Mais qu'importait l'opinion de ces hommes butés et mauvais, seule comptait celle de sa fille. Et quand la verrait-il ? Quand lui permettraient-ils de la voir, eux qui le tenaient isolé même de ses compagnons.

Impossible de communiquer avec qui que ce soit à travers ces murs centenaires. Parfois, il en arrivait à se demander s'il n'était pas le seul détenu en ce lieu où les seuls bruits étaient ceux des pas et des rires de geôliers dont il ne distinguait pas les mots, ne percevant que les sons.

Ils ne lui autorisaient que rarement une promenade solitaire dans une étroite courette intérieure. Alors, pour ne pas s'ankyloser, il marchait des heures, arpentant la pièce et s'inventant des promenades qui l'amèneraient jusqu'à la maison de pierre meulière. Et puis, de nouveau, il s'effondrait sur sa paillasse, maudissant le jour où tout avait commencé.

Le jour où excédé, parce que sa femme s'obstinait à passer et repasser cette *Rhapsody in Blue* de Gershwin qu'elle aimait tant et que lui ne supportait plus, il avait cassé le disque.

Le ciel était clair, à travers le soupirail. Un feu vif illuminait l'âtre, dans la maison de pierre meulière. Et les notes de la *Rhapsody in Blue* résonnaient dans la tête du prisonnier. Cette nuit encore, il ne dormirait pas. L'aube succéderait à la nuit. Une autre nuit succéderait au jour. La vie ne serait-elle désormais que souvenirs de bonheur et d'horreur mêlés ? N'eût été sa fierté, son sens de l'honneur et du devoir, il se serait tordu les mains devant tant d'injustice. Mais à tout instant, un œil pouvait se montrer au judas. Il n'était pas homme à montrer son désarroi à ses ennemis. Très droit, comme maintenu par le corset de fer qu'avaient toujours constitué pour lui ses convictions, il s'adossa au mur nu.

Wanda, comme toute fille au pair, avait naturellement droit à plusieurs heures de liberté par jour afin de pouvoir poursuivre ses études. Elle choisit des cours de littérature comparée, à la Sorbonne. Ce n'était pas vraiment ce qu'elle était venue étudier à Paris mais Samuel et Hélène Finkelstein auraient trouvé anormal qu'elle ne suive pas les procédures convenues. De surcroît, le statut d'étudiante procurait de nombreux avantages à Wanda, et en particulier celui d'aller et venir à sa guise, de se retirer quand elle le désirait dans sa chambre sous prétexte de rédiger quelque composition, bref lui offrait une certaine liberté.

Certes, elle aimait cette famille, s'entendait bien avec les enfants, mais parfois, elle éprouvait le besoin de rester seule et de réfléchir. Elles étaient amusantes, les soirées dans la cuisine où, autour d'un verre de thé et de quelques gâteaux secs, on écoutait tous ensemble « Reine d'un Jour » ou « Quitte ou Double » à la radio. Hélène rêvait sur les cadeaux ménagers que recevait la « Reine d'un Jour ». Tous faisaient assaut d'érudition pour trouver les réponses au « Quitte ou Double » qu'animait un certain Zappy Max dont les plaisanteries enchantaient la France entière.

N'empêche, c'était parfois bon de demeurer, tout simplement seule dans sa chambre, en silence, sans même un livre à la main, de penser et penser encore, les yeux rivés au plafond.

C'était bon aussi d'explorer le quartier tranquillement.

Il y avait deux gares non loin du boulevard Barbès. On rejoignait la plus proche en passant sous le métro aérien et en franchissant cette partie haute du boulevard Magenta qui semble une annexe du quartier de Barbès-Rochechouart. De la gare du Nord on pouvait partir pour la Belgique, la Hollande et même Varsovie ou Moscou. Cependant, si on poursuivait son chemin, en empruntant la petite rue des Deux-Gares, on se trouvait immédiatement surplomber le large réseau de voies ferrées de la gare de l'Est. Il suffisait, alors, de descendre les quelques marches de l'escalier ovale de la rue d'Alsace pour se trouver devant son entrée.

Wanda y avait pénétré, elle avait flâné parmi les voyageurs en partance vers d'incertains ailleurs, s'était arrêtée devant le panneau «Grandes Lignes». A qui donc était destiné ce train qui tous les jours, à 20 h 17, prenait la direction de Berlin? Un train pour l'Allemagne… Pour Berlin…

Elle était ressortie, frissonnante, avait erré longtemps en respirant très fort pour se calmer avant d'aller à l'école chercher les garçons.

— Ça s'est bien passé tes cours? interrogea David. Tu n'as pas l'air contente.

— Oh, il y a des jours où je trouve tout ça trop compliqué pour moi, avait-elle soupiré.

— Oh, moi aussi, avait soupiré Benjamin à son tour.

Et ensemble, ils avaient ri.

Ce soir-là, afin de se changer les idées, Wanda avait enfin accepté la proposition de Simon d'aller au cinéma.

Ils s'étaient rendus place Clichy, seul lieu autour de Montmartre où l'on pouvait trouver des cinémas grand public. Mais ils avaient dû renoncer à ces salles trop chères pour leur bourse et s'étaient finalement retrouvés derrière la rue Lepic, dans un cinéma de quartier. On y donnait *Paradis Perdu*, un film bien triste avec Fernand Gravey et Micheline Presle, et Wanda put pleurer tout son soûl sans étonner personne. Simon lui-même reniflait devant tant de malheurs.

En la raccompagnant, il ne lui avait parlé que du film dont Wanda fredonnait à présent la chanson.

Mais quand elle s'étendit ensuite sur son lit, elle ne sut pas si c'était encore sur cette triste histoire qu'elle sanglotait et qu'elle laissa longtemps couler ses pleurs.

Au petit déjeuner, Hélène s'étonna devant ses yeux rougis. Quand Wanda lui conta le scénario d'amours malheureuses et d'orpheline solitaire, elle la déclara trop sentimentale, en avoir pour sa part trop vu pour être encore capable de s'attendrir sur de telles bêtises et lui conseilla fermement de choisir dorénavant des films plus gais si les images l'affectaient à ce point.

Wanda acquiesça, mena les enfants en classe et s'en retourna rôder gare de l'Est.

Elle était dans sa chambre quand un Simon essoufflé frappa à son huis :

— On vous demande au téléphone !

Elle s'étonna. Bien sûr, elle avait communiqué son adresse à Oncle Otto et à Tante Ilse mais ils n'étaient pas du genre à l'appeler depuis Zurich.

— Un de vos camarades d'université, peut-être, suggéra Simon, d'avance jaloux.

Elle hocha la tête. Elle ne pouvait lui confier que des camarades d'université, elle n'en avait pas. Après s'être inscrite, elle n'avait plus jamais remis les pieds à la Sorbonne et n'avait pas d'ailleurs l'intention de s'y rendre à nouveau de sitôt.

Avec appréhension, elle prit l'appareil.

— Je parie que vous ne vous souvenez pas de moi, dit une voix rieuse et masculine.

Richard Fabre ! C'était le garçon, étudiant en médecine, qui le jour de son arrivée, l'avait conduite jusqu'ici. Elle s'en souvenait parfaitement même si près d'un mois s'était écoulé depuis.

— Je sais, j'aurais déjà dû vous appeler depuis des semaines, continuait la voix rieuse, mais je n'osais pas vous déranger. J'ai préféré attendre que vous soyez un peu installée, que vous sachiez où vous en étiez. En même temps, quand je me suis décidé tout à l'heure à composer le numéro, j'ai eu peur d'avoir attendu trop longtemps et que vous ne soyez déjà repartie. Enfin bon, formidable, vous êtes là. On se voit dimanche ?

En principe, Wanda était libre les dimanches mais comme elle n'avait pas réellement de choses à faire ou d'amis à voir, elle avait offert d'elle-même de conduire et d'aller chercher les garçons à leur patronage, rue Sainte-Isaure, proche de Jules Joffrin, entre l'une ou l'autre de ses promenades dans Paris. Elle hésita mais, somme toute, ça lui ferait du bien de parler à quelqu'un qui ne soit pas un Finkelstein, ni un ami des Finkelstein. Elle refoula la pensée : « retrouver un monde normal ». De monde normal, cela faisait si longtemps qu'elle n'en connaissait plus ! Richard, lui, en était la parfaite émanation. Comme si toutes les horreurs qui hantaient son esprit et ceux de tout le monde ici n'avaient, pour lui, jamais existé.

Elle acquiesça.

— Dimanche ? D'accord.

Le jeune homme, qui s'était attendu à devoir longtemps plaider sa cause, fut tout interloqué au bout du fil par cette acceptation si rapide. Il y eut un instant de silence.

— Allô, allô, fit-elle en secouant l'appareil.

— Eh, ne vous énervez pas. Je suis toujours là. Je passe vous prendre en bas de votre immeuble, en fin de matinée d'accord ?

— D'accord.

— Alors, à dimanche, dit-il.

En raccrochant, elle se demanda si elle avait bien agi. Mais de toute façon, il n'était plus temps de se poser des questions. Si Richard connaissait son adresse, s'il avait pu aisément trouver le numéro de téléphone des Finkelstein pour l'appeler, elle ignorait où le joindre s'il lui prenait l'envie de se décommander. D'ailleurs, elle n'en avait pas envie. On était mardi. Ce rendez-vous, elle se prit à l'attendre avec impatience.

Hélène, auprès de laquelle elle s'excusa de sa défection, estima normal que la jeune fille ait envie de se détendre avec des camarades de cours et ne lui posa pas de questions. Wanda était fille au pair, elle n'était pas sa fille, même si, par moments, elle avait l'impression d'avoir doté ses fils d'une grande sœur supplémentaire. Et chez les Finkelstein, on n'était pas du genre à obliger les gens qu'on employait à des tâches supplémentaires ou à les interroger sur leur emploi du temps en dehors des heures de travail. Si Wanda avait envie de lui faire des confidences, elle lui en ferait. En attendant, elle n'avait pas à exiger d'explications.

Richard était déjà devant le porche quand Wanda apparut. Emerveillé, il contempla la silhouette gracile, le minois fragile, les yeux bleus, les cheveux blonds. Décidément, elle était encore plus belle que dans ses souvenirs.

Il l'emmena déjeuner à « Tout va bien », une brasserie toute proche.

— Je n'aime pas les longues marches dans Paris, quand je n'y suis pas obligé… et puis, j'ai faim.

A peine avaient-ils passé leur commande à un digne maître d'hôtel en noir qu'il l'interrogea :

— Alors, comment ça se passe, chez les Finkelstein ? A quoi est-ce qu'ils ressemblent ? Comment sont les enfants ? Vous vous entendez bien avec eux ? Comment est-ce qu'ils vous traitent ?

Elle pouffa :

— Que de questions ! Laissez-moi respirer un peu !

— Vous me trouvez trop curieux ?

A son tour, elle le dévisagea. Soudain, il avait l'air si sérieux le jeune homme à l'abondante chevelure ébouriffée et aux yeux noisette.

— C'est parce que je m'intéresse à vous, expliqua-t-il. Et que je sais que vous êtes seule à Paris et que vous n'auriez personne pour vous venir en aide en cas de problèmes.

— Je pourrais toujours rentrer chez moi, fit-elle.

— Vous n'avez pas vraiment de chez-vous, j'en suis sûr. C'est même la seule chose que je sais de vous.

Une maison de pierre meulière... Une maison de pierre meulière à présent écroulée...

— De toute façon, je suis très bien ici. Les Finkelstein sont des gens charmants. Les enfants aussi.

Elle lui confia que, s'ils avaient quelque chose de spécial, c'était qu'ils étaient juifs.

— Et alors ? s'étonna Richard, qui comptait de nombreux amis juifs à la faculté de médecine et à l'hôpital et ne leur avait jamais trouvé rien de vraiment particulier.

— Et alors ? Alors, ils ne voient que des juifs, ne rencontrent que des juifs, leurs garçons vont dans un patronage juif et, même à l'école, ne fréquentent que des juifs. Quand ils reçoivent des gens à dîner ou pour prendre un verre, la conversation porte toujours sur les camps, les morts, les disparus, la Pologne. Parfois, souvent même, ils s'expriment en yiddish mais ça ne me gêne pas vraiment. Ça ressemble beaucoup à l'allemand et je comprends à peu près tout.

— Quoique... Pour quelqu'un qui est venu à Paris apprendre le français, je me demande si c'est l'endroit idéal ! plaisanta-t-il.

Elle se défendit :

— David et Benjamin ne parlent que le français, eux. Même quand leurs parents leur adressent la parole en yiddish, ils répondent en français.

— Bon, et puis, vous pourrez toujours parler français avec moi, plaisanta-t-il.

— Et avec les gens dans la rue, partout. Je baigne dans le français.

— Et avec vos camarades de cours ?

— Je me suis inscrite en littérature comparée franco-allemande. Mais, avoua-t-elle, je n'y vais jamais. Je ne vois pas très bien à quoi ça me servirait. Autant lire toute seule dans ma chambre les ouvrages au programme.

— Pas très sérieux, ça.

Elle haussa les épaules. Il revint sur les Finkelstein.

— Ça n'est pas un peu macabre, comme ambiance ?

Elle réfléchit.

— Non, différent. C'est tout. J'ai l'impression d'apprendre beaucoup de choses. J'avais des idées toutes faites sur les juifs. J'avais vu des images… Par exemple, M. Finkelstein est aussi blond que moi, sa femme a un nez tout menu, les enfants sont pareils à n'importe quels autres enfants. S'ils ne proclamaient pas à tout propos qu'ils sont juifs, personne ne pourrait le deviner.

— Ils ont assez souffert et ont dû suffisamment se cacher pour avoir maintenant le droit de crier tout fort qu'ils sont juifs si ça leur chante.

— Oui, mais s'ils ne le faisaient pas, on ne saurait jamais qu'ils sont juifs. Des juifs, ça devrait ressembler à des juifs. Du moins, c'est ce que je croyais !

Ils en avaient fini avec leur escalope à la crème, ils avaient terminé leur crème caramel, ils avaient bu leur café. Richard réclama l'addition.

— Vous voulez voir des juifs qui ressemblent à des juifs ?

— Oui, dit-elle. Il y en a encore ?

— Bien sûr. Je vais vous en montrer.

Il faisait beau, la température était douce. Ils décidèrent de marcher. D'autorité, Richard fourra le bras de Wanda sous le sien et elle ne résista pas. Elle se sentait à l'aise avec lui, comme s'ils s'étaient connus depuis très longtemps. De lui, elle n'aurait jamais rien à craindre, elle en était convaincue. Wanda connaissait bien maintenant le long boulevard Magenta, un peu morne, lieu de passage plus que de promenade où les voitures filaient jusqu'à la place de la République et elle avait déjà eu l'occasion d'emprunter la rue du Temple, avec ses magasins de bijoux et de verroterie en gros, ses trottoirs trop étroits qui rapprochaient les gens et les maisons.

Dès qu'ils y pénétrèrent ils évoquèrent toute l'activité déployée durant les jours de semaine et les bousculades qu'elle provoquait. Puis ils s'attardèrent devant la devanture des boutiques, Wanda surtout, qui se prenait à rêver comme une enfant de bagues, de chaînes et de colliers.

Plus bas ils s'engagèrent dans la rue Rambuteau, puis dans celle des Francs-Bourgeois qui la prolongeait. Richard alors bifurqua et entraîna sa compagne dans un dédale de petites rues. Ils croisèrent des hommes en longs cafetans, papillotes au vent, chapeau noir sur la tête, des petits garçons aux semblables papillotes, coiffés d'une calotte, des femmes emperruquées aux bas épais, comme ceux de leurs petites filles aux robes trop longues.

— Vous vouliez voir des juifs ayant l'air de juifs, en voilà.

— Où sommes-nous ? demanda-t-elle.

— Dans le vieux quartier juif de Paris. C'est plein de synagogues par ici, de magasins où ils trouvent leur nourriture spéciale.

Tous les commerces étaient ouverts. C'était dimanche mais eux respectaient le Shabbat et fermaient le samedi. Des échoppes s'échappaient des relents de harengs et d'oignons. Rue des Rosiers, rue du Roi-de-Sicile, on se pressait sur les trottoirs. Des titres en yiddish s'affichaient aux étals des marchands de journaux. Ils croisaient parfois des regards méfiants qui considéraient visiblement comme des intrus la fille trop blonde aux cheveux au vent et l'homme à la tête nue.

Wanda eut soudain l'impression d'étouffer.

— Partons d'ici, dit-elle.

— Mais je croyais que vous…

— Partons, insista-t-elle. Je crois que je vais me trouver mal. La foule, peut-être…

Elle défaillait presque à son bras. Richard contempla le visage soudain pâli, sentit au poignet un pouls qui s'affolait et le médecin en lui reconnut aussitôt tous les symptômes d'une crise de panique. Que se passait-il ? Il n'avait pas sa trousse sur lui, pas de calmants à lui proposer. Vite, bousculant sans ménagements les passants hostiles, il entraîna Wanda.

Au premier café, rue de Rivoli, il la guida vers les lavabos, l'obligea à faire couler de l'eau froide sur ses poignets, en aspergea son cou et ses joues puis, en terrasse, commanda de l'eau minérale glacée. C'était tout ce qu'il pouvait faire.

— Je vais mourir, murmura-t-elle, j'ai l'impression que je vais mourir.

— Juste l'impression, l'impression seulement, dit-il de son ton le plus apaisant.

Lentement, les battements de son cœur reprirent leur rythme. Lentement, elle retrouva son souffle. Lentement, son visage reprit des couleurs. Respirant à pleines goulées, elle s'excusa :

— Je ne sais pas ce qui m'a pris…

— Trop de monde autour de vous, peut-être. Un peu d'agoraphobie. Ça arrive, vous savez. Mais heureusement, le bon docteur était là !

Elle lui sourit.

— Oui. Sans vous, je me serais peut-être évanouie pour de bon et je me serais réveillée à l'hôpital. Ou peut-être pas.

— Vous vous seriez réveillée à coups de claques parmi des tonneaux de cornichons au sel et de harengs gras. Ne vous inquiétez pas.

Soudain, elle se sentait lasse, épuisée. Elle n'avait

plus qu'une envie, regagner la solitude de sa chambre, s'étendre sur la courtepointe de velours rouge.

— Excusez-moi, fit-elle d'une voix éteinte. Je sais que je suis en train de vous gâcher votre après-midi dominical mais je suis si fatiguée tout à coup. Je voudrais rentrer. Ramenez-moi, s'il vous plaît.

Il contempla les yeux encore un peu hagards et héla un taxi. Dans la voiture, blottie sur le siège, elle parut se rasséréner.

— Vous ne voulez pas que je monte un peu avec vous ? demanda-t-il. Ça me rassurerait.

— Non, merci. Excusez-moi encore, mais j'ai vraiment besoin de me reposer.

— Je comprends, dit-il.

Il n'essaya même pas de planter un baiser sur la joue fraîche quand, preste, elle se glissa hors du véhicule.

Du trottoir, elle lui faisait déjà un signe de la main quand il s'écria :

— Je vous appellerai demain pour prendre de vos nouvelles.

« D'accord », dessinèrent les lèvres pleines.

Elle s'engouffra dans l'immeuble tandis que, soucieux, il plissait le front.

3

Un vaste panneau noir. « Grandes Lignes ». Des trains pour Varsovie. Moscou. Berlin. 20 h 17.

Les Finkelstein ne s'étonnèrent pas de ne pas voir apparaître Wanda au dîner. Il lui arrivait de réviser ses cours en mangeant une tartine de fromage et en croquant une pomme, là-haut, dans sa chambre. Peut-être aujourd'hui avait-elle préféré s'attarder avec ses amis. C'était son jour de liberté, après tout. Ils devisèrent gaiement en avalant un bortsch aux betteraves accompagné de pommes de terre bouillies. Benjamin réclama une histoire à son père pour l'aider à s'endormir mais Samuel ne s'y laissa pas prendre. D'autres gamins s'endormaient peut-être avec des contes, pas les siens. Eux réclamaient la suite et encore la suite et, loin de s'assoupir, tout excités, se réveillaient de plus en plus. Sur des bisous, il éteignit la lumière.

Au petit déjeuner, Hélène ne s'alarma pas non plus en ne voyant pas Wanda, toujours la première pour préparer le café. Pour une fois qu'elle sortait, elle était sans doute rentrée tard. Elle pouvait pardonner un écart occasionnel à la fille au pair jusqu'ici si exemplaire. Elle conduisit elle-même les enfants à l'école et ce changement fit pour eux figure de fête, encore que David se soit inquiété :

— Tu es sûre qu'elle n'est pas malade, Wanda ?

— Oh non, elle ne s'est pas réveillée, c'est tout.

De retour à la maison, elle fut accaparée par la boutique, des problèmes de commande avec une cliente qui exigeait un tailleur veste 42 jupe 44 dans un grain de poule vert dont il ne leur restait plus d'exemplaires.

Ce ne fut que lorsqu'un jeune homme téléphona, vers midi, insistant pour parler à Wanda, qu'elle s'avisa que la jeune fille n'était toujours pas apparue alors qu'approchait maintenant l'heure de ramener les garçons pour déjeuner. Peut-être s'était-elle rendue à l'école directement ? A tout hasard, elle dépêcha Simon quérir Wanda.

— Elle n'est pas là, dit-il. J'ai frappé très fort pour la réveiller au cas où elle ferait la grasse matinée, mais rien n'y a fait. Elle est sûrement sortie sans passer par l'appartement.

— Je suis désolée, dit Mme Finkelstein au téléphone, Wanda est sans doute déjà en route pour l'école. En tout cas, elle ne répond pas.

A l'autre bout du fil, l'interlocuteur se fit insistant. Il était inquiet. Wanda avait eu un léger malaise, hier après-midi. Mme Finkelstein l'avait-elle vue depuis ? Non ? Il dit qu'il était médecin, qu'il serait peut-être préférable d'ouvrir la porte même si Mme Finkelstein hésitait à pénétrer dans la chambre en l'absence de Mlle Schomberg mais qu'il fallait s'assurer que tout allait bien.

Derechef, Hélène confia une clé à Simon qui regrimpa l'escalier quatre à quatre. Il revint essoufflé.

— Son lit est fait et elle n'est pas là.

— C'est bien ce que je pensais, dit-elle au jeune homme qui se présenta comme s'appelant Richard Fabre. Wanda a dû partir chercher les enfants.

Celui qui se disait médecin insista encore. Il lui confia son numéro de téléphone, la pria de demander à Mlle Schomberg de le rappeler au plus tôt. Vraiment, il serait plus rassuré quand il aurait eu de ses nouvelles.

Wanda s'est déniché un amoureux collant, pensa Hélène. J'espère qu'il ne va pas nous assommer de coups de téléphone vingt fois par jour. On a déjà assez de travail comme ça et on a tous mieux à faire que monter sans cesse trouver Wanda.

Sur ce, on carillonna à la porte et David et Benjamin déboulèrent furieux. Ils avaient attendu, attendu. Tout le monde les laissait tomber. Personne n'était venu les chercher et maintenant, ils allaient être en retard pour les cours de l'après-midi.

Hélène s'empressa de les servir et pendant qu'ils entamaient leur jambon-purée, à son tour, elle prit le chemin de la chambre du haut. Simon avait raison. Le lit était fait. Tout était impeccable. Comme si Wanda n'avait pas dormi ici… Pourtant, ce jeune homme assurait l'avoir raccompagnée, souffrante, dans l'après-midi. Alors ?

Elle inspecta les lieux de plus près. Aucune affaire de toilette sur la tablette, au-dessus du lavabo. Elle ouvrit l'armoire. Des vêtements y étaient encore accrochés, la valise était là mais manquait le petit sac de voyage. Wanda était partie !

Elle comptait revenir, c'était évident. Mais où donc était-elle allée ? Pourquoi n'avait-elle pas prévenu ?

Richard Fabre, mis au courant, ne trouva aucune réponse à ses questions. Mais visiblement, cette fugue l'angoissait. Jamais il n'aurait dû laisser Wanda seule dans cet état. Il s'en voulait terriblement et, en raccrochant, il se prit à réexaminer en détail l'après-midi de la veille, cherchant à comprendre quels motifs avaient pu inciter Wanda d'abord à cette crise de panique, puis à prendre aussi subrepticement la fuite.

Trois jours. Trois jours de perplexité chez les Finkelstein. D'anxiété pour Richard Fabre.

— Qu'est-ce qui s'est passé ? interrogeait Benjamin. Pourquoi elle nous a laissés tomber comme ça, Wanda ? J'ai peut-être été un peu pénible au début mais après, on était plutôt gentils.

— Moi, j'avais l'impression qu'on s'entendait bien, renchérit David.

Et, à l'abri des oreilles des enfants, Samuel de demander à Hélène :

— Qu'est-ce qui s'est passé ? Vous avez eu des mots, toutes les deux ?

Et elle lui répéta, mot pour mot, le récit de Richard Fabre. Wanda avait été souffrante et puis, elle avait ressenti le besoin de s'en aller. Elle s'était enfuie nul ne savait où, abandonnant quasiment toutes ses affaires.

— Ça prouve qu'elle reviendra, avaient dit les garçons, en examinant l'armoire pleine.

— Ça prouve qu'elle reviendra, disait Samuel.

Mais Hélène, elle, était perplexe. Pouvait-elle vraiment confier ses enfants à une jeune fille sujette à… quel terme déjà avait employé le Dr Fabre ? ah oui ! à des «crises de panique»? Et si l'une d'elles survenait alors que Wanda faisait traverser la rue à Benjamin, ou pendant qu'elle était avec eux au square, comment réagiraient les petits, et qui s'occuperait d'eux? Au fond, peut-être vaudrait-il mieux que Wanda Schomberg ne réapparaisse jamais plus boulevard Barbès. Quant à elle, elle fouillerait dans les affaires abandonnées, découvrirait l'adresse de cette famille en Suisse qu'elle regrettait tant à présent de ne pas avoir réclamée car qui avertir en cas de problèmes, et lui expédierait tout ce que la jeune fille au pair avait laissé derrière elle.

Mais que ferait-elle si Wanda revenait? Les enfants se culpabilisaient, se demandaient si tout ça n'était pas leur faute, Samuel aussi. Hélène, seule, peut-être parce qu'elle s'était longtemps entretenue avec Richard, cherchait à déceler quelle fêlure, quelle faille, trahissait la fuite soudaine de Wanda.

Trois jours. Le jeudi, elle découvrit Wanda s'affairant à préparer le petit déjeuner dans la cuisine comme si de rien n'était, comme si jamais elle n'avait disparu.

— Bonjour, dit cette dernière gaiement.

— Bonjour, répondit Hélène, où étiez-vous, que s'est-il...

Elle s'interrompit. Deux petites boules en pyjama se précipitaient au cou de Wanda.

— Où t'étais? cria Benjamin. Maman était drôlement embêtée. Même Simon a dû s'y coller pour nous prendre à l'école.

— Et moi, j'avais des calculs drôlement difficiles et Papa a lâché sa machine pour m'expliquer...

Wanda rit.

— Maintenant, je suis là. On les reverra ce soir, ces problèmes.

Elle était là, les traits lisses. Comme inconsciente des questions que posait son comportement...

Elle partit avec les enfants, annonça qu'elle se rendrait ensuite à ses cours, qu'elle les reprendrait pour déjeuner, les ramènerait avant d'aller étudier à la bibliothèque puis de retourner de nouveau à l'école. Une journée normale, quoi! Pas un mot d'explication ne franchit ses lèvres. Hélène laissa les enfants assaillir Wanda de questions dans l'espoir qu'au moins une atteindrait la jeune fille. Samuel choisit le ton de la plaisanterie pour l'interroger en la taquinant mais n'obtint pas davantage de résultat.

A peine Wanda avait-elle franchi la porte, emmenant un Benjamin et un David très excités, qu'Hélène se précipita sur le téléphone. Rassurer Richard Fabre, lui demander de la rassurer, aussi.

Le jeune homme était sur le point de partir pour l'hôpital. Il était pressé. Il se montra enchanté d'apprendre le retour de Mlle Schomberg, affirma à Hélène qu'elle n'avait rien à redouter. Après tout, elle l'avait prouvé, en état de «crise», Wanda préférait s'éloigner. Quant à savoir où elle était allée… Après tout, qu'importait? S'isoler dans un hôtel… Une idée le traversa. Les Finkelstein vivaient à proximité de deux gares. Wanda avait peut-être pris le premier train en partance vers n'importe où, n'importe quel endroit où elle se calmerait. Au bord de la mer, dans un village de campagne, une ville inconnue. N'importe où. Quoi qu'il en soit, il passerait le soir même rendre visite à la jeune fille. Il lui parlerait. Oui, s'il découvrait quelque chose, il en informerait Hélène. Oui, s'il estimait qu'il valait mieux pour les Finkelstein se séparer de Mlle Schomberg, il le lui dirait aussi.

Hélène n'avait encore jamais vu Richard Fabre mais le calme de sa voix l'impressionna. D'emblée, elle lui fit confiance et ce renfort inattendu la rassura.

Ce fut la Wanda qu'ils avaient appris à connaître et à apprécier qui vaqua dans l'appartement ce jour-là, s'acquittant avec bonne humeur de ses tâches habituelles, allant et venant avec sérieux et ponctualité. A croire que cette absence inexpliquée n'avait été qu'un rêve !

— Elle a peut-être simplement eu besoin de se reposer un peu, dit Samuel, le soir dans la chambre à coucher. Benjamin et David sans arrêt sur les bras pendant trois semaines, n'importe qui aurait besoin de souffler !

Hélène ne répondit pas. Richard Fabre avait promis de l'appeler le lendemain matin.

Quand le jeune homme s'était présenté en cette fin d'après-midi, Hélène n'avait pas été surprise ; il était conforme à l'image qu'elle s'en était faite au son de sa voix. Sympathique et compétent. Wanda avait volontiers accepté de sortir prendre un verre avec lui. Elle ne s'était pas offusquée que Mme Finkelstein ait accepté un rendez-vous pour elle.

— J'ai pensé que ça vous ferait plaisir. Vous n'étiez pas là et il s'est dit votre ami. Mais si ça vous déplaît de le voir, je n'aurais qu'à lui dire que vous êtes sortie, que vous aviez d'autres obligations.

Non, avait affirmé Wanda, elle serait très contente de voir Richard et elle n'avait pas reproché à Hélène de s'être immiscée dans ses affaires.

A présent, les deux jeunes gens devaient deviser dans quelque café, songea-t-elle. Que ressortirait-il de cette conversation ? Quel diagnostic en tirerait le jeune médecin ? Hélène eut du mal à trouver le sommeil.

Comme elle se l'était imaginé en effet, Richard avait entraîné Wanda prendre un verre. Pas dans un café tel que les connaissait Hélène toutefois, mais dans un bar, à Saint-Germain-des-Prés. Un pianiste noir, l'un de ces anciens G.I. qui avaient choisi de demeurer en France une fois la guerre terminée, égrenait des notes sentimentales et un peu tristes tandis qu'ils sirotaient un whisky.

— Alors, fit Richard avec insouciance, comment avez-vous passé vos petites vacances ? Qu'avez-vous vu ?

Elle contempla fixement la flamme de la bougie fichée dans une bouteille déjà dégoulinante de cire, devant eux.

— Des ruines, murmura-t-elle d'une voix sourde. Seulement des ruines.

Elle se tut. Des images de maisons écroulées, de rues entières de maisons écroulées défilèrent dans sa tête. Des enfants hâves jouaient entre deux pans de murs, mendiaient, proposaient des cigarettes américaines à la pièce. Des hommes aux joues creuses marchaient la tête basse. Des femmes en vêtements rapiécés serraient contre elles des cabas, en quête d'introuvables nourritures.

— Des ruines, je n'ai vu que des ruines.

La Normandie, pensa Richard. Elle a marché jusqu'à la gare du Nord, pris un train pour Dieppe, Caen ou Lisieux. Ça devait être ça.

— Et quand vous vous êtes lassée de toutes ces ruines, vous êtes rentrée ?

— Oui.

— Et pourquoi étiez-vous partie ?

Une envie, comme ça.

Un homme à voir. Une muraille à franchir. Une autre muraille, intérieure, celle-là, qu'elle n'avait pu dépasser. Wanda ne mentait pas. Elle n'avait contemplé que des ruines, uniquement des ruines.

Richard comprit qu'il n'en tirerait pas davantage. Il lui faudrait du temps pour comprendre ce qui provoquait chez la jeune fille crises de panique et brusques envies de fuite. En fait, il eût mieux saisi qu'une femme comme Hélène, avec tout ce qu'elle avait enduré, y soit sujette.

Soudain, il sursauta, posant un regard interrogateur sur la douce physionomie aux yeux limpides. Qui était vraiment Wanda Schomberg ? S'était-elle fabriqué une identité, une personnalité, un masque derrière lesquels dissimuler une autre elle-même, avec ses terreurs et ses secrets ? Et ces secrets, quels étaient-ils ? Combien de temps lui faudrait-il pour les percer ?

— J'aime bien cet endroit, déclara soudain Wanda,

d'une voix claire. J'aime bien cette pénombre, ces bougies, cette musique. Merci de m'avoir emmenée ici. Mais maintenant, il faut rentrer. Vous savez, on se lève de bonne heure pour l'école.

Pour cette soirée, Richard avait emprunté la traction avant de son père. Médecins tous deux, ils ne manquaient pas d'essence. Dans la voiture, il décréta :

— Je reviendrai vous chercher dimanche. Avec moi, vous découvrirez d'autres endroits qui vous plairont. Il est grand temps que vous fassiez vraiment connaissance avec Paris. Il est des endroits bien plus agréables où traîner que des ruines quand on a envie de s'éloigner un peu, vous savez.

A la faible lueur des phares, il distingua un sourire de Joconde.

Au téléphone, Richard demanda tout de go à Mme Finkelstein :

— Etes-vous sûre que Mlle Schomberg ne soit pas juive ?

Hélène demeura un instant interloquée.

— Mais non. Non, bien sûr. Qu'est-ce qui vous fait penser ça ?

— Wanda a été prise d'angoisse après que nous nous sommes promenés rue des Rosiers.

— Vous êtes allés ensemble rue des Rosiers, mais pourquoi donc ? s'étonna-t-elle.

— C'est elle qui me l'avait demandé. Elle voulait voir de « vrais » juifs, disait-elle. Elle en a vu et elle s'est trouvée au bord de l'évanouissement. Et puis, elle a eu le sentiment d'étouffer et elle s'est jetée dans n'importe quel train. Elle dit qu'elle n'a contemplé que des ruines pendant ces quelques jours. En Normandie, sans doute. Alors, je me demande si ces « vrais » juifs ont été pour elle une vision d'enfance pour qu'elle s'en soit trouvée troublée à ce point.

— Mais Wanda n'est pas juive, balbutia Hélène. Elle…

elle est suisse. Elle a toujours vécu en Suisse. Et c'est facile de voir qu'elle ne connaît rien aux coutumes juives.

— Ça ne prouve rien. Peut-être que ses parents, ceux qu'elle prétend tués dans un accident de la route, ont en fait été déportés après avoir réussi à la faire passer en Suisse comme bien d'autres enfants juifs. Je sais qu'il y avait des organisations spécialisées dans cette tâche. Là-bas, elle aurait été recueillie par une famille non juive, aurait grandi parmi des non-juifs et il ne serait donc pas surprenant qu'elle ignore tout des mœurs juives. D'ailleurs, je me souviens, quand je l'ai rencontrée gare de Lyon en train de lire les annonces dans le journal, elle ne s'intéressait qu'à la vôtre. A cause du nom : Finkelstein.

— Mais… mais, réussit encore à émettre Hélène, elle n'a pas du tout l'air juif.

— Absolument, fit Richard. En fait, elle ressemblerait assez à votre mari. C'est quoi, l'air juif ?

— Mais, si elle était juive, je l'aurais senti… Samuel l'aurait senti…

— Peut-être que, sans vous en rendre compte, vous l'avez senti. Ne l'avez-vous pas immédiatement accueillie comme quelqu'un de la famille ?

— Oui, mais…

Soudain, Richard s'emporta :

— Madame Finkelstein, s'écria-t-il, c'est vous qui me parlez d'« air juif », de « sentir » si quelqu'un est juif ! Je me serais imaginé que seuls des antisémites pouvaient tenir pareils propos. Vraiment, vous me surprenez.

Hélène suffoquait presque.

— Mais si elle est juive, pourquoi le cacher ? Surtout chez nous ! Au contraire, quand on dit qu'elle n'est pas juive, tous nos amis la regardent comme une curiosité. Elle aurait même été plus à l'aise en mentant et en affirmant qu'elle était juive, même en ne l'étant pas, dans un milieu comme le nôtre.

Richard réfléchissait.

— Il y a mille raisons pour refuser de s'admettre juif

de nos jours tout en désirant vivre dans un foyer juif. Cette ambivalence expliquerait parfaitement le comportement de Mlle Schomberg. De toute façon, madame Finkelstein, il ne s'agit là que d'une piste mais vous devriez y penser, vous aussi. Tâchez d'obtenir quelques confidences sur son enfance. Je m'y emploierai également de mon côté. En tout cas, pour vos enfants, vous n'avez vraiment rien à craindre. Mon hypothèse expliquerait parfaitement son comportement de grande sœur et, s'ils l'ont acceptée si vite, peut-être que leur instinct est plus fort que le vôtre.

Hélène frémit en raccrochant. De se figurer que Wanda pouvait être juive et le lui dissimuler, elle ne savait pourquoi, soudain la rendait plus étrangère encore à ses yeux. Elle se demanda quelle contenance adopter quand la jeune fille rentrerait, inconsciente du trouble qu'avaient provoqué en elle les hypothèses de Richard.

— Samuel ! appela-t-elle.

Qu'avait donc de si important à lui communiquer M. Finkelstein pour qu'il l'ait convoquée à un entretien avec lui après dîner ? Wanda Schomberg pensait en avoir fini avec toutes les questions sur son escapade. De toute façon, elle ne s'expliquerait pas davantage. Elle n'avait pas d'autre choix que de se taire, même s'il la menaçait de la renvoyer. Et Dieu sait pourtant qu'elle n'avait pas envie de quitter les Finkelstein, de s'éloigner de ce foyer. Ici, sa tâche n'était pas terminée. Elle mentirait au besoin mais elle s'arrangerait pour qu'ils la conservent auprès d'eux.

Il y avait presque un défi dans les prunelles bleues quand Wanda s'assit face à Samuel, sur l'une des chaises si dures qui entouraient la longue table à manger. Pour sa part, le père de famille n'était guère à l'aise. Il estimait que toute cette histoire était du ressort de son épouse, qu'Hélène aurait dû la régler entre femmes plutôt que d'insister pour lui faire jouer le rôle d'inquisiteur.

— Un homme l'impressionnera davantage. Après tout, c'est toi le maître de maison. Et puis, j'ai eu beau essayer par tous les moyens de lui arracher quelques confidences, je ne suis arrivée à rien. Insiste, fais preuve d'autorité, mets-la en confiance. Enfin, débrouille-toi, avait lancé Hélène.

Faire preuve d'autorité tout en mettant en confiance... Samuel se demandait comment s'y prendre pour adopter à la fois deux attitudes aussi contradictoires. En homme d'action qu'il était, il se jeta à l'eau.

— Parlez-moi donc de vos parents, Wanda, dit-il avec douceur.

Wanda considéra le beau visage d'homme au menton creusé d'une fossette, au regard aussi clair que le sien, à l'expression volontaire. Tout à coup, elle était moins sûre d'elle. Sur Richard, elle se savait forte d'un pouvoir de séduction qui interdisait au jeune homme s'il voulait la revoir d'insister par trop pour connaître ce qu'elle souhaitait taire. Mais face à cet homme-ci, plus âgé, plus mûr, elle ignorait quelles seraient ses réactions. En fait, Hélène n'avait pas eu tort d'appeler son mari à la rescousse.

Comme Wanda se taisait toujours, Samuel reprit, tout aussi gentiment :

— Je sais, même après toutes ces années, cela doit être difficile pour vous de parler d'êtres chers que vous avez perdus. Ici, nous sommes bien placés pour connaître ce genre de souffrances. Quand même, nous aimerions bien savoir d'où vous venez.

Pourquoi hésitait-elle à présent ? Wanda avait bien prévu dès sa décision de partir de Zurich qu'à Paris, n'importe quel employeur voudrait connaître ses antécédents. Elle avait préparé à l'avance son discours. Alors, pourquoi maintenant ressentait-elle l'envie de céder au ton enjôleur ? D'être elle-même. De tout dire, enfin. Elle résista à la tentation.

Les deux regards bleus se croisèrent. Oui, il aurait été si bon de se blottir contre cette large poitrine, de se réfugier à l'abri de cette force !

— Alors ? dit Samuel.

— Alors…

Wanda se tordit les mains.

— Vous avez raison. Il y a des souvenirs qu'il vaut mieux ne pas faire remonter à la surface.

Mais ces souvenirs-là, elle ne les lui confierait pas. Le discours préparé, appris, décidé à l'avance. Le récit, qu'il croirait d'autant plus volontiers qu'il aurait pu être authentique puisque ce serait le quotidien d'Oncle Otto et de Tante Ilse que Wanda raconterait, y mêlant toutefois quelques vrais souvenirs d'avant. D'avant. D'avant que son frère, puis sa mère ne soient tués et que son père…

— Puisque vous y tenez tant… Ma mère se prénommait Martha, mon père Hans (ça, c'était vrai). Ma mère adorait s'habiller, recevoir, écouter de la musique, toutes sortes de musique. Elle était très belle. Mes plus beaux souvenirs d'enfance, c'est quand je la regardais hésiter entre deux robes de soirée, essayer quelques parures avant d'opter pour celle qui mettrait le mieux sa toilette en valeur. Mon père l'attendait en bas de l'escalier. Ils partaient en riant et Mademoiselle me mettait au lit.

— Votre famille était sans doute aisée, remarqua Samuel.

— Oui. (Là, Otto prenait la place de Hans.) Mon père était banquier. Un métier fréquent en Suisse, vous savez ! Il évoluait dans les milieux de la haute finance, spéculait la plupart du temps à bon escient. Nous habitions une grande maison en pierre meulière, avec un jardin rempli de fleurs et un salon avec une immense cheminée devant laquelle il faisait bon se blottir l'hiver en écoutant les disques de Maman. Le malheur a voulu que si Mère collectionnait les disques, Père, lui, collectionnait les voitures. Il les voulait toujours plus puissantes, toujours plus rapides. Il se mettait au volant et appuyait sur l'accélérateur. Maman riait, les cheveux au vent. Moi, quand il m'arrivait de monter avec eux, j'avais toujours un peu peur. Lui conduisait de plus en plus vite et je ne suis pas sûre que nos routes soient prêtes pour de tels bolides. Un jour, sur un chemin en lacet, en pleine montagne, c'est arrivé. La voiture a dérapé sur une plaque de verglas.

L'accent, dans la petite voix, se fit tout à coup plus rauque.

— La voiture a dérapé. Sur le côté. Droit dans le ravin. Ils sont morts sur le coup. Du moins, c'est ce qu'on m'a raconté et c'est ce que je préfère croire.

— Et ensuite ? demanda Samuel.

— Je n'avais que cinq ans, vous savez. Oncle Otto et Tante Ilse m'ont prise en charge. Je pensais que mes parents avaient laissé derrière eux beaucoup d'argent mais d'après Oncle Otto, banquier lui aussi, les spéculations de mon père n'avaient pas été si brillantes ces derniers temps et il était mort avant d'avoir pu rétablir la situation. Au fur et à mesure que le temps passait, ils m'ont fait sentir qu'ils ne me gardaient que par charité. Dès que je me suis sentie suffisamment armée, je suis partie et on ne peut pas dire qu'ils aient cherché à me retenir.

Elle eut un petit rire amer.

— Et c'est ainsi que j'ai débarqué chez vous, conclut-elle.

Dans le silence qui suivit, Samuel supputa ce qu'il pouvait y avoir de vrai et de faux dans les dires de la jeune fille. Si les intuitions de Richard Fabre et d'Hélène étaient fondées, Wanda pouvait très bien avoir eu de riches parents juifs qui l'auraient envoyée en Suisse se mettre à l'abri chez quelque collègue, nantie d'un pécule lequel aurait fondu au fil du temps, au fur et à mesure que ces Otto et Ilse se montraient de plus en plus désagréables. Et quand ils avaient su, à coup sûr, que les

Schomberg avaient disparu pour de bon, ils avaient peut-être mis carrément la jeune fille à la porte.

Samuel cependant n'était pas complètement convaincu par le récit de Wanda. Il ne pouvait même pas en déduire que celle-ci était juive. Hélène avait eu beau énumérer toutes les bonnes raisons que, selon le Dr Fabre, Wanda pouvait avoir de dissimuler son appartenance, lui ne comprenait pas qu'on puisse à la fois désirer partager son foyer et cacher être juive.

N'ayant pas l'habitude de tourner autour du pot, il plongea.

— Wanda, êtes-vous juive ? demanda-t-il fermement.

Visiblement, une telle supposition l'effara.

— Juive ? Moi ? Quelle idée !

Et comme si une pensée lui traversait soudain l'esprit, très vite, elle ajouta, semant à nouveau le doute en Samuel :

— Parfois, j'aurais préféré.

— Vos parents auraient très bien pu être juifs et vous envoyer en Suisse pour vous protéger. Et les gens qui vous ont recueillie auraient très bien pu aussi refuser de le reconnaître également pour vous protéger. Longtemps, les Suisses ont craint de ne pas être complètement à l'abri des entreprises d'Hitler.

— Est-ce que j'ai l'air d'une Juive, monsieur Finkelstein ? fit tristement Wanda.

— Absolument, dit-il. En vous voyant chez nous, beaucoup de nos amis vous prennent d'abord pour une cousine à moi.

— J'aurais beaucoup aimé être une cousine à vous, monsieur Finkelstein.

Si elle l'avait été, elle aurait pu sans honte se réfugier contre la puissance profonde, poser sa joue contre le beau visage si viril, et pleurer, pleurer enfin tout son soûl.

— Oui, ça m'aurait bien plu d'être votre cousine, monsieur Finkelstein. Et d'être juive aussi. Les juifs sont tellement plus chaleureux que les Suisses allemands ! Et vous et votre femme avez été tellement plus gentils pour moi qu'Oncle Otto et Tante Ilse ! Et j'aime tellement Benjamin et David !

Elle ravala un sanglot.

— Vous comptez me renvoyer, monsieur Finkelstein ?

Sur ses dents très blanches, il étira son sourire de star.

— Bien sûr que non, dit-il.

Il se leva.

— Maintenant, assez bavardé. Au lit, ordonna-t-il.

En vérité, cette conversation l'avait complètement épuisé et une même fatigue se lisait sur la physionomie de la jeune fille.

Quand il lui souhaita le bonsoir, Wanda eut envie d'embrasser Samuel sur la joue. Il lui avait témoigné tant de bonté. Jusqu'à se demander si elle était juive… Et lui qui était si beau, il l'avait assurée qu'ils se ressemblaient ! Ah oui ! Comme elle aurait aimé être la cousine de Samuel Finkelstein… Tout aurait été si simple.

Dans leur chambre, dès qu'elle le vit apparaître, Hélène interrogea avidement son mari :

— Alors ? Elle est juive ?

Il écarta les bras en un geste d'impuissance.

— Franchement, je n'en sais rien, dit-il.

Et, le front plissé, il entreprit de déboutonner sa chemise.

Plus haut, une jeune fille blonde se demandait où passait la frontière entre vérité et mensonge. Où résidait l'inavouable ?

4

« Par la jeunesse
Vient la promesse
D'un avenir meilleur ! »

Debout devant la porte de la salle du patronage, Wanda et Richard contemplaient en souriant le petit groupe d'enfants qui s'égosillaient de tout leur cœur sur l'estrade. Ensemble, ils étaient venus chercher David et Benjamin aux « Jeunes Bâtisseurs ». Ils les ramèneraient à leurs parents avant d'assister à une séance de cinéma.

Pour l'heure, les deux jeunes gens attendaient que la petite troupe ait fini de répéter le spectacle qu'elle donnerait prochainement, comme tous les trimestres, aux parents. Comme à l'accoutumée, les intermèdes tristes et les rappels de la guerre ne manquaient pas. Une gamine aux tresses brunes se détacha des autres pour raconter l'histoire de Mila la Belge, l'héroïne évadée d'Auschwitz, rattrapée par les gardes SS, qui malgré des jours et des nuits de torture avait refusé de dévoiler quels avaient été ses complices et puis avait souri, quand ses bourreaux lui avaient passé la corde au cou, avant qu'elle ne meure, pendue, sous les yeux de ses compagnes qui refoulaient leurs larmes.

Un garçonnet en culottes courtes récita le poème d'Aragon sur « celui qui croyait au ciel et celui qui n'y croyait pas » mais qui périrent ensemble pour que les lendemains chantent.

Richard examinait les murs tapissés de photos de résistants juifs, reconnut ceux de l'« Affiche Rouge », le légendaire Marcel Rayman et le plus obscur Gesundheit. Des dessins d'enfants représentaient des murs de barbelés derrière lesquels fumaient de longues cheminées noires. Enluminé de fleurs et recopié d'une main malhabile mais avec des crayons de toutes les couleurs, le poème d'Eluard, «Liberté, j'écris ton nom», occupait tout un pan.

Plus ou moins à l'unisson, deux dizaines de petites voix s'époumonèrent à jurer qu'elles feraient régner la paix «pour toujours, pour toujours, pour toujours», et puis ce fut fini. Benjamin et David dégringolèrent l'estrade pour se précipiter dans les bras de Wanda et se laisser embrasser par Richard, son copain.

— C'était bien? interrogea David, toujours anxieux. Tu crois que ça plaira à Papa et Man?

— C'était très bien, l'assura Wanda s'avançant pour féliciter les moniteurs qui se donnaient tant de mal pour enseigner chants et poèmes aux petits, tandis que, derrière elle, Richard renchérissait :

— Oui, c'était formidable.

Intérieurement, il pensait qu'à l'exception des chants entraînants, l'ensemble ne répondait pas vraiment à l'idée qu'il se faisait d'une fête et que ces gens-là feraient bien d'achever au plus vite leur travail de deuil avant de bousiller complètement le moral de leurs gosses mais il n'en laissa rien paraître. Apparemment, ces gamins étaient tellement habitués aux récits d'horreur qu'ils étaient complètement blindés et débitaient des récits d'atrocités comme d'autres, ailleurs, déclamaient des poèmes à la gloire des fleurs, du printemps ou des petits oiseaux.

Peut-être n'y avait-il pas à chercher plus loin les raisons du malaise de Wanda et de sa volonté de fuir loin de tout ça, le mois précédent? En tout cas, ni les malheurs de Mila la Belge, ni ceux de «celui qui croyait au ciel et de celui qui n'y croyait pas» n'avaient ébranlé la bonne humeur de Benjamin et de David. Le petit rouquin courut devant eux tout le long du chemin, allant et venant au point d'accomplir quasiment le triple des pas nécessaires tandis que l'aîné parlait avec délices des merveilles du goûter. Une mère avait confectionné un fantastique «strudel» aux pommes pour tout le monde et ils s'en étaient léché les doigts.

— Et vous n'avez pas eu de promenade par ce beau temps ? s'enquit Richard.

— Si, dit David, nous sommes allés au cimetière du Père-Lachaise, au Mur des Fédérés.

Le jeune homme se retint de pouffer. Décidément, lui ne s'habituerait jamais aux idées « Jeunes Bâtisseurs » en matière de distractions et de loisirs. Enfin, les enfants ne s'en plaignaient pas, les Finkelstein étaient satisfaits. Qui était-il donc pour les critiquer ?

Quand même, plus tard, de nouveau seul avec Wanda, il lui demanda :

— Ça ne les impressionne pas, ces enfants, de n'entendre parler que de morts et de massacres ?

Elle réfléchit :

— Ils y sont accoutumés, à la maison aussi, on ne parle que de ça mais quand même, parfois, je me demande… Le lit de David est placé dans un renfoncement. Son cauchemar familier, c'est de se réveiller tandis que des policiers surgiraient tout à coup de derrière le mur pour l'emmener « là-bas ». Benjamin, lui, rêve qu'il aurait découvert un mot magique, le mot magique qui ferait qu'au lieu d'avoir poussé son père dans l'escalier, les gendarmes se seraient inclinés très bas devant lui et s'en seraient allés en s'excusant poliment. Et tous deux cherchent soigneusement sur leurs corps, quand ils se lavent, quelques signes distinctifs qui permettraient à leurs parents de les reconnaître plus tard au cas où ils leur seraient brutalement arrachés.

— Quelle ambiance !

— Oui, et pourtant, ils sont gais, malicieux, taquins, comme tous les gosses de leur âge…

Elle s'interrompit brusquement. Telle une poupée de chiffon, elle s'était effondrée sur la banquette de cuir rouge.

Tout en se penchant sur Wanda, et lui frappant le visage à l'aide d'une serviette humectée d'eau froide Richard se maudit. Il avait encore commis une erreur alors que maintenant, il aurait dû savoir. Il avait contraint la jeune fille à parler à haute voix de choses qu'elle ne supportait pas d'évoquer. Ensuite, il se dit qu'il valait mieux qu'elle les évoque, ces choses qu'elle ne supportait pas. Refoulées, elles causeraient des dommages peut-être pires encore que cet évanouissement momentané.

Déjà, elle ouvrait les yeux et s'excusait, face aux silhouettes, de l'autre côté de la table, de la patronne et d'un serveur qui s'enquéraient auprès de Richard de la nécessité d'appeler Police-Secours.

— Je suis désolée, murmura-t-elle. J'ai eu très chaud tout à coup. La tête m'a tourné et... Ce n'est rien. Je me sens très bien maintenant.

Et à l'attention de Richard, elle lança, enjouée :

— Vous allez vraiment me prendre pour une mauviette, avec mes vapeurs. Rassurez-vous, je suis plus forte que j'en ai l'air.

Le jeune homme hocha la tête, dubitatif.

Du ton de quelqu'un qui s'y connaît et qu'on ne trompe pas, la patronne murmura au serveur que, sans doute, cette petite était enceinte.

Cette fois, Richard ne fut pas pris au dépourvu. Il ne tint pas compte des protestations de Wanda, il la raccompagna jusqu'à sa chambre, insista pour qu'elle avale, devant lui, un somnifère qu'il avait pris dans la trousse qu'il emportait désormais constamment avec lui dans la voiture, et, assis sur l'unique chaise un peu branlante, attendit que la jeune fille se soit endormie avant de s'esquiver sur la pointe des pieds.

Tout avait commencé à aller mal le jour où Papa avait cassé le disque de *Rhapsody in Blue*, de Gershwin. Après cela, Maman n'avait plus jamais été aussi joyeuse.

Certes, elle s'habillait encore de longues robes du soir pour des dîners et des sorties. Mais Mademoiselle n'était plus là pour coucher Wanda après le départ de ses parents. Elle avait été remplacée par une solide paysanne à la poitrine opulente et aux bras puissants, qui la soulevait comme une plume pour la jeter dans son lit malgré ses protestations, ne parlait qu'allemand et ne connaissait aucune des jolies histoires que Mademoiselle avait coutume de raconter et que Wanda avait appris à affectionner. Même, quand avant de fermer les yeux, Wanda avait voulu dire «bonsoir, le soleil, bonsoir, le jour, bonsoir, les oiseaux», comme à l'ordinaire, la paysanne l'avait sommée de se taire et de cesser ces enfantillages.

Au matin, elle s'accoutuma ensuite à ne plus dire qu'à voix basse et pour elle seule, «bonjour, le jour, bonjour, le soleil» et puis, bien vite, elle ne dit plus rien. Il n'y avait plus rien à saluer.

Dans la maison de pierre meulière, résonnaient des voix en colère. Ses parents se disputaient. Le soir, son père s'enfermait dans son bureau en prétextant d'urgents travaux à terminer et elle restait seule avec sa mère et son frère, devant la cheminée, pour écouter de sombres symphonies de Beethoven. Papa autorisait bien Mozart ou de légères valses de Strauss mais visiblement, Maman n'y avait guère le cœur et son grand frère non plus. D'ailleurs, lui était de plus en plus souvent absent.

Un jour, il partit tout à fait et plus jamais, Wanda ne le revit.

Comme elle ne reverrait plus jamais la maison de pierre meulière et son jardin si fleuri. Elle s'était écroulée, la maison du bonheur, les pierres meulières s'étaient abattues sur les fleurs si rouges. De ce passé-là, il ne lui restait plus rien. Qu'un homme qui, quelque part, derrière des...

Le somnifère eut raison des songeries confuses de Wanda.

Quelque part, une porte se referma.

La Pâque approcha et ce fut le moment d'entamer le grand nettoyage de printemps. Certes, Hélène ne traquait pas miettes de pain ni traces de farine, «hametz» prohibé pendant cette période de fêtes juives où, en souvenir de ces juifs esclaves en Egypte, qui guidés par Moïse s'étaient échappés sans avoir eu le temps de laisser le levain gonfler la pâte, les juifs pieux ne mangeaient que du pain azyme. Chez les Finkelstein, on continuait d'ailleurs à se nourrir de baguettes sans vergogne. Néanmoins, habitudes d'enfance aidant et aussi souci de bonne ménagère, la maîtresse de maison jugeait indispensable ce grand chambardement.

Là, tout le monde participa. On vida tous les placards de leur contenu, on changea les papiers protégeant les tiroirs et les planches du buffet. On lava toute la vaisselle. On remua tous les meubles. On secoua tous les tapis. Et si jamais «hametz» il y avait eu, il aurait certainement été aspiré à grands coups d'éponge, de torchons et d'énergiques savonnages.

Hélène et Wanda bavardaient tandis qu'à tour de rôle, l'une lavait et l'autre essuyait assiettes, verres et couverts. Hélène raconta comment, avant-guerre, elle avait connu Samuel à l'occasion d'un bal de société organisé à la mairie du dix-huitième arrondissement par les *Originaires de Brzezin et des environs*.

«Il y avait beaucoup de bals avant-guerre, soupirait-elle. Nous étions tous plus jeunes, plus gais. Nos parents étaient encore bien vivants, là-bas en Pologne. Nous ne pouvions pas deviner non plus que, parmi tous ceux qui valsaient autour de nous, tant auraient disparu quelques années plus tard. Nous étions jeunes, nous dansions sur un volcan et nous fermions les yeux. Nous nous amusions. Bien sûr, nous secourions de notre mieux ceux qui déjà affluaient d'Allemagne avec des récits d'horreurs. Mais nous travaillions si dur… Nous avions soif d'insouciance et de distractions. A ces prophètes de malheur, nous ne prêtions qu'une vague oreille. »

Au bal des *Originaires de Brzezin et des environs*, Hélène avait immédiatement remarqué Samuel. Ce n'était pas très difficile d'ailleurs de le distinguer dans cette foule. Il dominait tous les autres d'une tête. Son épaisse crinière blonde tranchait avec les chevelures brunes et souvent crépues. Nul autre ne possédait pareil regard clair. D'abord, ç'avait été tout juste si elle avait osé fixer pareil homme. Elle n'avait pas osé espérer qu'il l'inviterait à danser. Elle avait été émerveillée de se retrouver dans ces bras solides, serrée contre un corps ferme pour un inoubliable tango.

Un inoubliable tango tout contre Samuel, Wanda rêvait aussi.

Ensuite, tout s'était passé très vite. Tous deux loin de leurs familles, ils s'étaient mariés très vite dans cette même mairie du dix-huitième arrondissement et, très vite, David était né.

Un inoubliable tango... Wanda en avait déjà dansé de nombreux avec Richard qui d'ailleurs préférait les musiques de jazz, et donc les slows et les be-bop, mais elle ne pouvait en qualifier aucun d'«inoubliable». Nul ne lui avait apporté cette fantastique sensation qu'évoquait Hélène. Simplement une impression de bien-être dans les bras de quelqu'un dont elle était convaincue qu'il lui voulait du bien et ne lui ferait aucun mal. Parfois aussi, et c'était déjà plus intéressant, l'impression d'être à sa juste place.

Wanda s'ouvrit de cette différence à Hélène. L'amour naît parfois peu à peu, dit l'aînée. Les coups de foudre, c'est plutôt rare.

Puis Hélène avait continué en racontant comment, sur dénonciation, toute la famille avait été arrêtée et internée au camp de Drancy, comment Samuel et ses parents avaient été déportés tandis qu'elle en avait réchappé.

En effet, de Drancy où elle était internée et comme elle était sur le point d'accoucher, elle avait été envoyée à la maternité de l'hôpital Rothschild où elle avait mis au monde Benjamin. De là elle devait, suivant le déroulement habituel des choses, retourner à Drancy pour être déportée comme les autres, jeune mère avec son enfant encore au sein. Mais, une infirmière la voyant pleurer toute la journée à cette perspective l'avait prise en pitié. Elle était venue la visiter dans sa chambre et lui avait révélé que, si elle faisait baptiser son fils, son départ serait retardé de huit jours. Hélène n'avait pas hésité et, quarante-huit heures plus tard, s'était retrouvée, sous la garde de deux gendarmes, dans une chapelle de l'église de la rue Jules-Joffrin. Le prêtre n'avait pas eu besoin d'explication pour comprendre la situation. Ce n'était pas la première qui lui venait. Mais cette fois-ci, la jeune femme en face de lui exigeait plus qu'à l'habitude :

— Mon père, je ne veux pas retourner à Drancy avec mon bébé avait-elle dit dans un souffle, je ne veux pas que mon bébé soit interné, enfermé dans un camp. Aidez-moi.

Alors, après avoir donné un simulacre de bénédiction à Benjamin, il avait profité d'un moment d'inattention des deux gendarmes, pour lui indiquer une porte dérobée, à gauche de la sacristie. Hélène s'y était précipitée et, sans se retourner, avait couru jusqu'au bas de la rue, son Benjamin serré contre elle. Elle n'avait commencé de respirer qu'après avoir tourné l'angle, quand elle avait eu la certitude que personne ne l'avait poursuivie.

Par la suite elle avait trouvé refuge chez des amis sûrs et, entrée en possession de faux papiers, avait pu travailler en attendant la Libération.

Mais l'histoire ne s'arrêtait pas là car Hélène, qui était restée en relation avec ce prêtre providentiel et courageux, devait découvrir, un peu à ses dépens, que ce qu'il avait fait pour elle durant la guerre, il le faisait également pour des hommes soupçonnés de collaboration à la Libération. Un jour, en effet, il était réapparu dans son existence pour lui demander de témoigner en faveur du commissaire de l'arrondissement, un homme haïssable et haï dont nul n'ignorait les exactions pendant la période sombre de l'Occupation.

— Ma chère Hélène, avait-il expliqué, je sais très bien ce que vous pensez de cet homme mais il n'est pas si noir que vous le croyez. Il y a au moins une chose que vous devez savoir avant de le juger et de répondre à ma requête. (Il fit une pause puis reprit :) Après que vous vous êtes enfuie avec votre enfant, les gendarmes m'ont interpellé et m'ont conduit chez lui, et là, pour une raison que j'ignore, il a voulu croire la fable que je lui ai contée. Je puis vous dire que sans cela, sans cette étrange passivité, nous ne serions pas là aujourd'hui. Il fallait que vous le sachiez. C'est mince, je sais, mais peut-être cela sera-t-il suffisant pour vous incliner à témoigner en sa faveur.

Sous le choc de l'exigence du prêtre Hélène avait réclamé un temps de réflexion. Elle devait en parler à Samuel.

Celui-ci avait bondi quand elle lui avait fait part de cette demande incongrue. Il y voyait, à juste titre probablement, une espèce de chantage à la pitié, avait souligné que même si ce commissaire avait contribué à sauver Hélène et Benjamin, ce que rien ne prouvait, on ne pouvait oublier pour autant tous les morts qu'il avait sur la conscience. Que seul Dieu pouvait ainsi pardonner de telles horreurs, mais que lui, Samuel, ne pouvait oublier. Ils en étaient restés là, mais le lendemain, regardant Benjamin qui partait pour l'école, Hélène avait laissé venir à elle une petite phrase du Razen : « Quand un homme tue un autre homme c'est l'humanité tout entière qu'il assassine. Mais quand un homme en sauve un, c'est l'humanité tout entière qu'il délivre » et la décision s'était imposée à elle. Que lui importait maintenant de savoir si le prêtre lui avait dit la vérité au sujet de ce commissaire ? Benjamin et elle étaient en vie et cela emportait tout le reste.

Plongée dans ses souvenirs, Hélène ne remarqua pas que Wanda ne l'écoutait plus depuis quelque temps. La jeune fille songeait au coup de foudre, à la rencontre d'Hélène et de Samuel.

Rares étaient les hommes aussi beaux que Samuel. Wanda l'observait parfois qui se mouvait, bougeait telle une véritable œuvre d'art alors qu'il n'accomplissait que des travaux ordinaires : comme lire attentivement le journal, dans la cuisine ou la salle à manger.

Plus jamais, Samuel n'avait convié Wanda à une conversation en particulier ; il avait décidé une fois pour toutes, et l'avait fermement déclaré à sa femme, qu'il se fichait de savoir si Wanda était d'origine juive ou pas. C'était son problème à cette fille. Pour sa part, il ne partageait pas l'intérêt du jeune Fabre pour la psychologie. Il avait trop les pieds sur terre pour croire que des malaises ou des envies d'évasion puissent avoir des causes psychosomatiques ; la jeune fille accomplissait plus que sa part de travail dans cette maison. Elle avait le droit d'être juive, de ne pas être juive et, par-dessus tout, celui d'être fatiguée et d'avoir par moments l'envie de tout envoyer promener. Evidemment, lui aussi préférerait qu'elle les avertisse auparavant pour leur éviter toute inquiétude. A sa façon, il se sentait responsable de la jeune personne qu'ils employaient.

Si Wanda regrettait parfois que Samuel ne lui manifeste plus d'intérêt particulier, elle refusait de se l'avouer. Elle avait trop craint de se laisser aller à des confidences, sous le regard à la fois doux et impérieux qu'il avait, ce jour-là, posé sur elle. Quand même… Hélène avait surpris à l'occasion quelques coups d'œil furtifs de la jolie blonde en direction de son mari. Elle s'était tue. Ç'aurait été donner trop d'importance, à quelque chose dont Wanda ne s'était peut-être même pas rendu compte. De toute façon, Samuel, lui, comme tant d'hommes, ne remarquait jamais rien. Il se figurait Wanda entichée de ce Fabre et était satisfait qu'elle ait pour fréquentation un jeune médecin, donc quelqu'un de bien et d'avenir, aux allures très convenables et qui, de surcroît, veillait sur sa santé.

Hélène se demandait parfois ce qu'il sortirait de tous ces rendez-vous et les encourageait, estimant préférable pour la paix de son ménage que la jeune et jolie blonde sorte avec un charmant garçon de son âge plutôt que d'avoir son propre et trop séduisant époux pour tout horizon masculin.

Chez les pratiquants, on lisait d'abord et très longuement la «Haggada», le livre de l'Exode, avant d'entamer le repas et les prières et les chants de circonstance se succédaient en litanies. Le plus jeune enfant de l'assemblée était chargé de poser les cinq questions rituelles : «En quoi cette nuit est-elle différente de toutes les autres nuits?» et ses parents rougissaient de fierté quand le gosse ne s'emmêlait pas dans les phrases hébraïques apprises par cœur pour la circonstance.

Ici, pas de telles formalités. Les Rosenfeld arrivés, on passa immédiatement à table. Entre deux bouchées, Samuel et Lazare se chargèrent simplement de raconter, comme chaque année, en quoi «cette nuit était différente de toutes les autres nuits». David et Benjamin, à force, connaissaient bien sûr parfaitement toute l'histoire mais ils ne se lassaient pas d'entendre raconter comment il avait fallu que Dieu envoyât sur l'Egypte sept plaies avant que le Pharaon ne cédât à l'insistance de Moïse désireux de conduire en Terre Promise les Juifs esclaves en Egypte, comment le Pharaon au cœur endurci s'était ensuite ravisé pour lancer son armée à la poursuite de ceux enfin libérés, comment la mer Rouge s'était fendue en deux pour laisser passer le peuple élu et refermée ensuite pour mieux engloutir ses persécuteurs, comment alors qu'ils se désespéraient, affamés, dans le désert, Dieu avait envoyé la manne aux pourchassés…

Arriva le soir de la Pâque. Le repas de fête, pris la veille, s'appelait le « Seder », comme Benjamin se chargea de l'enseigner à Wanda. Autour de la grande table recouverte d'une nappe blanche avaient pris place les Finkelstein, les Rosenfeld et Simon. Hélène avait proposé d'inviter Richard mais Wanda avait estimé qu'il était un peu tôt pour le convier à une réunion familiale. En fait, elle craignait surtout qu'il ne passât la soirée à étudier ses propres réactions. Elle le savait à l'affût.

Toute la journée et même la veille avaient été consacrées à la préparation du festin. Etaient présents sur la nappe les rituels « matzoth », herbes amères (destinées à rappeler les amertumes de l'esclavage en Egypte) et œufs durs. Mais il y aurait ensuite de la carpe farcie, du bouillon avec des boulettes naturellement de farine de pain azyme, les « kneidlech », et de la viande de poule, des morceaux de bœuf qui avaient mijoté dans le bouillon et que personne n'aurait plus assez faim pour avaler.

Les enfants écoutaient, passionnés. Paula Rosenfeld haussa les épaules.

— Ouais. Si Dieu avait expédié au moins une de ses plaies sur Hitler et ses SS, s'il avait foudroyé au moins un seul bourreau au moment où il fracassait la tête d'un bébé juif contre un mur, alors là oui, j'écouterais moi aussi volontiers ces contes du vieux temps. Mais après tout ce qui s'est passé…

L'enchantement fut brisé. De nouveau, ce ne fut plus que rappels d'Auschwitz, de Maidanek, de Treblinka, d'autres Seders partagés avec tant d'êtres morts et où on lisait encore longuement la « Haggada », suivant scrupuleusement à la lettre le rituel. Et à quoi ça avait servi tout ça ?

Les deux fils Finkelstein et les deux filles Rosenfeld s'éclipsèrent un instant.

— Où étiez-vous donc passés ? demanda Paula tandis qu'ils se rasseyaient vivement.

— Ouvrir la porte au prophète Elie. Ça aussi, c'est une tradition, dit David. On nous a appris au patronage qu'autrefois, à Pâque, on gardait toujours une chaise au Seder pour le prophète Elie et que, pendant le repas, il fallait lui ouvrir la porte au cas où il voudrait venir manger avec nous.

— Ouais, fit Paula. En Pologne, on faisait ça. Mais quand on ouvrait la porte, s'il y avait quelqu'un derrière c'était toujours un mendiant désireux de s'en mettre plein la panse pour une fois. Bien sûr, on l'invitait à occuper la place vide.

— C'était peut-être le prophète Elie déguisé, suggéra Benjamin.

— Quand on a ouvert la porte, en tout cas, moi, j'ai senti comme un courant d'air, chuchota Sophie.

— Personne ne veut donc de la viande ? demanda Hélène.

Samuel versa du vin à la ronde et comme nul ne lui prêtait attention, d'un coup, Wanda vida son verre. De l'autre côté de la table, elle pouvait entendre la voix de Paula et, sous l'étoffe transparente de son chemisier blanc, la fille au pair pouvait discerner le reflet d'un chiffre tatoué.

De toutes ses forces, Wanda repoussa la maintenant trop familière sensation de vertige.

Le lendemain matin, elle n'apparut pas au petit déjeuner ni les jours qui suivirent.

— Moi, je crois qu'elle ne supporte pas les Rosenfeld. La dernière fois déjà, Wanda est partie juste après un dîner avec les Rosenfeld, remarqua Benjamin.

— C'est vrai, approuva David. D'ailleurs, jusqu'à hier, chaque fois qu'ils sont venus, Wanda a refusé de rester avec nous pour dîner. Ou elle disait qu'elle sortait avec Richard, ou c'était parce qu'elle avait des cours à réviser, ou elle était trop fatiguée et préférait monter se coucher tôt.

— D'accord, ils sont gentils les Rosenfeld, reprit Benjamin, mais ils regardent toujours Wanda comme une bête curieuse, M. Rosenfeld rabâche toujours les mêmes histoires de Pologne et Mme Rosenfeld est incapable de parler d'autre chose que de fours crématoires. Les pauvres Sophie et Suzanne qui doivent supporter tous les jours des parents pareils ! Déjà que moi, les pigeons de M. Rosenfeld je ne les digère plus, alors elle !

— Si Wanda avait jugé si odieuse que ça l'idée de dîner avec les Rosenfeld, comme l'assure Benjamin, elle aurait encore trouvé un prétexte pour esquiver ce repas, remarqua Samuel.

— Elle pouvait pas, dit David. C'était fête. Ç'aurait pas été poli de sa part.

Hélène songea sans le dire que, sans doute aussi, Wanda était incapable de prévoir ses crises à l'avance ou même ce qui les provoquait, que le Dr Fabre ait raison quant à leurs origines ou non.

Quoi qu'il en soit, Samuel affirma qu'il n'y avait pas de quoi s'affoler, que la jeune fille au pair serait sûrement de nouveau de retour dans quelques jours et qu'entre-temps, on s'organiserait. Lui ne voyait aucun inconvénient à ce qu'elle s'octroie quelques jours de vacances tous les quatre mois mais il exigerait que dorénavant elle les prévienne de son désir de partir et de la durée de ses absences. Sinon…

— Sinon, quoi ? s'enquit Benjamin.

— Sinon, nous devrons engager quelqu'un d'autre qui ne nous laissera pas tomber comme ça, du jour au lendemain, sans crier gare.

Les deux garçons enfouirent dans leurs bols des fri-

mousses boudeuses. D'accord, Wanda méritait une puni-
tion mais celle-ci leur paraissait bien trop radicale. En
plus, ils n'étaient pas convaincus que leurs parents déni-
cheraient une autre fille aussi gentille que Wanda. Avec
elle, au moins, on pouvait s'amuser !

Hélène non plus n'était pas partisane d'une solution
aussi définitive. Devant les enfants, elle dissimula son
désaccord mais, en tête à tête avec son mari, elle ne lui
cacha pas le fond de sa pensée.

— Elle s'occupe bien des garçons. Leurs chambres
sont toujours bien rangées et ils font des progrès en classe.
Et puis, je suis d'accord avec le Dr Fabre, ces fugues,
elles ne sont pas volontaires. Ce sont des symptômes.

Samuel leva les bras au ciel.

— Des symptômes de quoi ! D'ailleurs, je m'en fiche
moi des symptômes de Wanda.

Il s'énerva.

— Je ne la paie pas pour avoir des vapeurs mais pour
faire un travail. Quand quelqu'un fait mal son travail, on
le renvoie, c'est tout. Tant qu'elle sera parmi nous, nous
nous occuperons d'elle mais si elle persiste à déguerpir
sur un coup de tête, parce qu'elle ne supporte pas de
dîner avec les Rosenfeld ou je ne sais quoi, elle n'a qu'à
s'en aller pour de bon.

— Ce n'est pas si simple, dit Hélène.

— Ecoute, je ne suis pas son oncle, tu n'es pas sa
sœur. Nous ne sommes pas responsables de tous les
déséquilibrés du monde. Nous avons suffisamment à
faire. Nous avons notre vie à reconstruire, Hélène, nos
enfants à élever en paix sans qu'une inconnue vienne
semer le trouble dans notre maison.

C'était mieux que si Samuel avait défendu Wanda
mais quand même, Hélène n'était pas satisfaite.

— Moi, je suis comme le Dr Fabre. Je m'inquiète et
je veux savoir.

Son mari haussa les épaules, excédé.

— Très bien, comme tu voudras. Nous verrons quand

elle reviendra. Je te promets une nouvelle petite conversation face à face mais cette fois, ce ne sera pas pour tâcher de découvrir si elle est d'origine juive ou pas mais bien pour la tancer d'importance.

Dans un bureau sobrement meublé, elle discuta longuement avec un homme en uniforme de colonel. Elle exhiba les papiers qu'elle dissimulait dans la doublure de son sac. Le gradé considéra l'innocent visage aux traits tendus, le comparant au minois d'adolescente sur les photos. Il consulta des registres, la pria poliment d'attendre.

Elle attendit sur un banc de bois dans un couloir. De temps à autre, des soldats passaient, la dévisageant sans vergogne.

Une heure s'écoula, une autre encore. Elle ne pensait à rien. Elle avait fait le vide dans son esprit. Elle n'était qu'attente, attente encore. Et si « ils » lui refusaient cette entrevue après tout l'effort, toute la volonté qu'elle avait dû puiser en elle pour la réclamer… Non, son permis de visite était valable. Le colonel commandant la prison lui-même l'avait reconnu. Cette attente était destinée à les humilier, elle comme l'homme détenu quelque part entre ces murs d'où ne parvenait aucun bruit.

L'esprit de la jeune fille était vide et elle avait depuis longtemps cessé de consulter sa montre quand enfin, l'ordonnance entr'aperçue dans le bureau du colonel l'appela et, sans lui adresser la parole, détournant les yeux même comme si sa seule vue lui était insupportable, lui fit signe de le suivre.

Elle pénétra dans une étroite pièce nue. Une lourde porte percée d'un judas se referma sur elle. Tout ce qu'ils diraient serait écouté. Tous leurs gestes seraient épiés. Elle s'en moqua soudain.

Seul comptait le prisonnier assis sur un méchant tabouret, de l'autre côté de barreaux largement espacés.

Ils se saisirent les mains.

— Il fallait que je m'en aille, il le fallait, c'est tout, déclara Wanda, le front buté, deux jours plus tard, dans la salle à manger du boulevard Barbès.

— Mais pour aller où ? s'exclama Samuel, étonné par le sentiment d'urgence perceptible dans cette voix.

Il avait eu l'intention de l'admonester, la menacer. Ç'avait été sans compter sur les larmes qui perlaient déjà au bord des yeux bleus et Samuel ne supportait pas de voir une femme pleurer.

— Pour aller où ? Et sans prévenir, en plus, se contraignit-il pourtant à insister.

Il n'aurait pas dû. Il avait eu tort. D'un seul mouvement, elle glissa à terre, s'effondra contre ses genoux.

— Je sais, sanglota-t-elle. Mais je n'avais pas le choix. Il fallait que je parte, il le fallait. Et l'autre fois, je n'avais pas eu le courage d'aller jusqu'au bout.

— Au bout de quoi ? demanda-t-il encore.

Mais la jeune fille n'était plus qu'un petit paquet de larmes recroquevillé sur le faux tapis d'Orient et qu'il préférait ne pas aider à se relever, de crainte de la serrer par trop fort dans ses bras pour la réconforter.

Alors, ce fut lui qui se leva, repoussa sa chaise et sortit. Il ne vit pas les deux bras frêles qui se tendaient vers lui, dans son dos.

— Elle pleure, dit-il simplement à Hélène qui guettait dans le couloir. Elle pleure. Elle n'a rien expliqué, sinon qu'elle n'avait pas pu agir autrement. Je n'y comprends rien.

Samuel eut un geste de découragement.

— Ah, débrouille-toi. On ne peut quand même pas flanquer une gamine dehors dans cet état.

Alors, ce fut Hélène qui se chargea de relever Wanda, de la mener à la salle de bains pour essuyer ses larmes et passer un gant frais sur son visage, de la ramener à sa chambre en lui conseillant de se reposer. Wanda assura qu'elle n'avait pas besoin de repos, qu'elle serait prête pour l'école, mais Hélène ne voulut rien entendre.

Cette fois, ça n'avait pas été une Wanda gaie et comme inconsciente des soucis qu'elle avait provoqués qui était réapparue dans la cuisine. Elle avait les traits tirés, l'air las.

— Tu es encore partie en voyage ? s'enquit Benjamin.

— Oui, dit-elle.

— Alors, ç'a dû être un voyage fatigant, remarqua David. Tu as les yeux tout cernés.

Avec effort, elle avait redressé les épaules et peint un sourire sur son visage chiffonné.

— Bah ! Une bonne nuit de sommeil et tout ira bien.

— Et Papa qui disait que tu avais eu envie de vacances... Si t'es comme ça quand tu reviens de vacances, alors autant rester à la maison, fit Benjamin.

Hélène intervint alors :

— Taisez-vous, tous les deux ! Vous êtes déjà en retard.

Elle s'emparait de son manteau quand Wanda la devança.

— Non, j'y vais, c'est mon travail, dit-elle.

Hélène profita de ce que Wanda était sortie pour informer le Dr Fabre de son retour. Elle lui avait déjà tout dit du Seder, des idées des enfants sur les Rosenfeld. Non, à aucun moment, elle n'avait perçu quelque malaise que ce soit chez Wanda. Pas de gouttes de sueur à son front, pas de pâleur soudaine, rien. Alors ?

Alors ?

Richard se perdait en conjectures. Seule, Wanda était capable de livrer les clés de son étrange comportement et, apparemment, elle n'y était pas prête.

— De la patience, madame Finkelstein. Je vous demande seulement de la patience. Nous ignorons tous deux ce qu'elle a pu endurer pour en arriver là. Mais nous l'apprendrons, faites-moi confiance.

Il répéta qu'il n'y avait rien à redouter de Wanda. Bien sûr, elle aurait d'autres crises de panique, mais jamais elle ne s'y laisserait aller devant des enfants envers lesquels elle se sentait des responsabilités.

— Quand même, nous laisser tomber à la veille d'une grosse livraison… Si c'est ça le sens des responsabilités… Mon mari dit que nous devrions engager quelqu'un de plus sûr.

— De plus sûr ? ironisa Richard. Ce seront toujours des étrangères auxquelles vous confierez vos enfants. Vous pourriez tomber sur pire.

— Mais ces fugues aussi soudaines et qu'elle refuse d'expliquer…

— De la patience, vous dis-je. Elle nous expliquera. Et n'êtes-vous pas curieuse, au fond, de connaître les raisons de ce comportement ?

Mme Finkelstein fut bien obligée d'admettre que oui, elle aurait bien aimé comprendre.

— Alors, de la patience. Je la vois s'épanouir chaque jour un peu plus dans votre foyer. Un jour, en prenant un verre de thé dans la cuisine, elle videra son cœur. A moins que ce soit à moi, un soir dans un bar, après quelques gorgées de whisky… Elle s'expliquera. Soyez-en convaincue.

Mais plusieurs mois plus tard, l'explication que fournit Wanda pour une nouvelle disparition, l'été venu, ne leur parut satisfaisante, ni à l'un ni à l'autre. Elle affirma avoir éprouvé l'envie soudaine de rendre visite à sa famille, là-bas, en Suisse. Elle n'avait pas vu Oncle Otto et Tante Ilse depuis si longtemps, n'est-ce pas ?

Richard comme Hélène savaient que Wanda n'éprouvait aucune affection pour ces gens qu'elle avait quittés avec joie et avec lesquels elle n'échangeait aucune correspondance. Le Dr Fabre déclara que la jeune fille était maligne et qu'elle s'était dit qu'elle ne pourrait s'en tirer une troisième fois avec des lèvres closes ou même des larmes. Alors, de toutes pièces, elle avait inventé ce motif après tout plausible.

Samuel affirma de son côté qu'il ne voyait pas de raison de mettre en doute les paroles de Wanda. Après tout, lui non plus n'aimait pas écrire de lettres. Ça n'empêchait pas qu'il y avait, de par le monde, des gens de sa famille qu'il aimait bien et à qui il aurait volontiers, le cas échéant, rendu visite. Si seulement Wanda consentait à perdre cette fâcheuse habitude de s'en aller à l'improviste… Jamais il ne l'aurait empêchée d'aller embrasser son oncle et sa tante si elle en avait envie. Ah! Cette manie de la cachotterie commune à toutes les femmes!

Pour lui, l'affaire était close. Mais Hélène et Richard, eux, récapitulèrent ensemble les événements qui avaient préludé à ce nouveau voyage. Rien. Une journée normale et, le soir, Wanda s'était rendue seule au cinéma pour voir une comédie américaine. Pour eux il n'y avait rien là qui puisse justifier cette fugue. Ils négligeaient seulement les actualités qui précèdent le film, et ce soir il avait été question de Nuremberg.

Nuremberg… De 1945 à 1946, le procès avait duré plus d'un an. Les hommes des pays vainqueurs jugeaient les criminels de guerre du pays vaincu. Quelques-uns s'étaient déjà évanouis dans la nature, comme Martin Borman et Adolf Eichmann. D'autres, tel Goering à l'instar du Führer, choisirent de se suicider dans leurs cellules. Beaucoup furent condamnés à mort, pendus comme Hesse, le commandant d'Auschwitz, sur les lieux mêmes de leurs crimes contre l'humanité. A certains, enfin, échurent de longues peines de prison.

Dans la salle, des témoins défilaient. On évoquait des atrocités, des meurtres par milliers, par dizaines de milliers, par millions même. On montrait des images, d'affreuses photographies, on débattait des responsabilités des uns et des autres.

Dans le box, des hommes impassibles, très droits, le visage de marbre, assuraient n'avoir fait qu'obéir aux lois de leur pays et aux ordres de leur Führer. S'ils se sentaient coupables, ce n'était que d'une chose : d'avoir perdu la guerre.

Les yeux alternativement fixés sur une large silhouette dans le box et les témoins sanglotant ou véhéments à la barre, une frêle adolescente avait assisté le cœur serré à toutes les audiences.

Après cette dernière alerte chacun retourna à sa tâche. Bien que cela ne fût pas dans les attributions d'une fille au pair, Wanda, de temps à autre, apportait son aide à la boutique de vêtements que tenait Samuel et dont elle aimait l'ambiance toute particulière.

Largement ouverte sur le boulevard populeux, elle égayait le trottoir par sa devanture chamarrée. Les Finkelstein l'avaient baptisée, par jeu, « Au petit qui n'a pas peur des grands » et ils avaient posé au-dessus de l'entrée un panneau portant mention : « Entrée libre ».

Et cela s'appliquait à la lettre. En avance sur son temps Samuel, qui détestait importuner les éventuels acheteurs par des sollicitations trop pressantes, avait inventé sans le savoir le principe du « self-service ». Chez lui, tout était fait pour la clientèle, seuls les prix et la qualité devaient déterminer son choix, tant et si bien que le magasin était le permanent témoin d'une intense circulation.

Il faut croire, d'ailleurs, que la méthode avait quelque valeur puisque les affaires étaient bonnes et que Samuel songeait à s'agrandir. La seule concession, la seule publicité, si l'on peut dire, qu'il s'était permise, mais il avait en cela suivi la pente de sa nature, c'était, sur le pas de la porte, la présence d'un « aboyeur » chargé de convaincre les passants timides. Ce grand échalas, les manches de sa veste le plus souvent retroussées, arpentait l'asphalte en marcheur infatigable, allant et venant sans cesse. Son visage congestionné à force de crier, ses cheveux bien peignés au commencement de la journée mais qui se hérissaient, s'emmêlaient, se collaient à son front par l'effet de la sueur au terme de l'effort, sa tête tout entière enfin roulait sur son torse, se dressait, s'abaissait au rythme des gesticulations dont il accompagnait ses paroles. « Allons, venez, leur disait-il, on ne fait que des bonnes affaires, aucune obligation d'achat, satisfait ou remboursé, et on ne paie qu'à la sortie. »

Alors, ceux-ci aussi entraient, et lorsqu'ils étaient à l'intérieur ils découvraient ce que Samuel se plaisait à appeler « la pagaille organisée ». Les clients, en effet, se pressaient dans les rayons, se bousculaient parfois, mais trop occupés pour y prêter garde ils allaient en tous sens dans le magasin essayant et ré-essayant tout ce qu'ils jugeaient à leur goût avant de s'entasser devant la caisse, les bras chargés d'articles.

La première fois que Wanda avait assisté au spectacle, elle était restée stupéfaite. Les couleurs chatoyantes des tissus posés et portés, où ce jour-là dominait le rouge, avaient empli son regard tout d'un coup. L'animation, le mouvement lui avaient paru tels, que, même demeurant immobile, elle s'était trouvée dans l'incapacité de déterminer la configuration des lieux. Il lui avait fallu une demi-journée et de nombreuses traversées pour parvenir à comprendre l'agencement des étals. Seules lui étaient restées mystérieuses les raisons du sens que le flux des clients respectait invariablement. La jeune fille avait bien cherché, à sa mesure et fidèle à son éducation, à mettre de l'ordre dans tout cela, mais elle avait dû renoncer très vite à son projet. Décidément ce magasin, à l'image de ses patrons, n'était pas comme les autres.

Lorsque la boutique était bondée, Samuel sortait de derrière son comptoir et faisait son numéro :

— Bonjour tout le monde, tonnait-il, la journée est

placée sous le signe des bonnes affaires. Vous avez de la chance, aujourd'hui c'est jour de fête. Pour tout achat d'un costume vous aurez droit à la cravate en prime. Et ne discutez pas nos prix. Chez nous les prix les plus bas s'arrêtent où la mauvaise qualité commence.

C'était un vrai plaisir et une réelle surprise, chaque fois renouvelée, pour Wanda, que de voir et écouter Samuel lorsqu'il jouait son rôle de camelot. L'aisance qu'il manifestait donnait à penser qu'il avait raté sa vocation. Il aurait pu à coup sûr monter sur les planches. A la jeune fille qui le lui avait fait remarquer, un jour qu'il avait été particulièrement éblouissant, Samuel avait répondu en riant :

— Le plus grand talent d'un acteur, c'est de ne pas prendre l'existence au sérieux. De toute façon on n'en sortira pas vivant. Et puis, chacun a son théâtre et le mien est ici. Il n'est que d'aimer son public et d'être aimé de lui.

Mais Wanda ne commença de comprendre Samuel et la vie du quartier, comme celle de la boutique elle-même, qu'après qu'elle eut été témoin d'un étrange échange. Elle avait remarqué un vieil homme très pauvrement vêtu ; on eût dit qu'il venait de sortir d'une ruelle obscure où, par un implacable destin, il semblait être voué à retourner. C'était comme si pour un temps bref il lui avait été donné, accordé plutôt, de se mêler aux couleurs vives de la lumière. Accompagné d'un garçonnet turbulent, il fouillait depuis un bon moment parmi les stocks, prenait, reposait et ne semblait jamais satisfait. Très gentiment elle s'était approchée et lui avait proposé son aide. Le vieil homme l'avait alors considérée sans aménité, et c'est presque avec condescendance qu'il lui avait expliqué qu'il désirait un pantalon pour son garçon, mais que n'étant pas *rahr* — c'est-à-dire « riche », comme elle devait l'apprendre plus tard — il trouvait tout trop cher. Esther, la plus expérimentée des vendeuses mais aussi la plus attachée à cette maison — cette maison qui l'avait vue débuter, qu'elle avait quittée et dans laquelle elle était revenue par fidélité, se sentant incapable de travailler ailleurs —, Esther donc, l'avait suivie du regard comme Hélène et Samuel l'en avaient chargée. Voyant l'embarras dans lequel était la jeune fille, elle avait fait signe à Samuel pour qu'il prenne l'affaire en main. Non sans s'être arrêté en chemin pour distribuer des conseils, avoir joué des coudes pour se frayer une voie et interpeller des connaissances, celui-ci était arrivé enfin, au moment où le vieux filait d'entre les doigts de Wanda. Il l'avait rattrapé in extremis par l'épaule et, après avoir écouté l'histoire, s'était retourné vers lui et lui avait dit :

— Bon... bon, si celui-là vous plaît, exceptionnellement et à titre publicitaire je vous fais dix pour cent sur le prix affiché.

— *Nein, nein*, avait répondu le vieux avec un fort accent et en se redressant jusqu'à atteindre une taille qu'on ne lui eût pas soupçonnée, c'est beaucoup trop, même comme ça. Je dois absolument acheter un pantalon pour mon petit-fils, mais à ce prix je ne peux pas.

Samuel aimait les vieilles gens qui comme celui-ci avaient conservé leur accent ; ils lui rappelaient ses parents. Ils avaient conservé cette saveur dans les gestes et les mots, qui lui était une secrète douceur, et qu'il ne parvenait pas à retrouver chez les plus jeunes. Alors, pour lui faire plaisir, il avait descendu le prix par trois fois, mais rien n'y semblait faire. Pour le vieux c'était toujours trop cher ; le vieux était dur comme le roc.

En désespoir de cause et quelque peu agacé, Samuel s'en était allé au sous-sol tandis que, droit comme un «I» dans ses maigres atours, le vieillard se tenait au centre d'une allée particulièrement fréquentée de la boutique, obligeant tout le monde à l'éviter. Mais il était indifférent à la gêne qu'il occasionnait : il attendait. Finalement Samuel était réapparu tenant sous son bras un pantalon dont l'âge était indéfinissable, mais qui, de toute évidence, était neuf. Ce qui fit penser à Wanda, qu'il s'agissait d'un invendu. Les Finkelstein ne jetaient rien, et tout trouvait un jour son usage !

89

— Tenez, avait-il soufflé au vieux, estimez-vous heureux que je sois dans un bon jour, voilà, celui-là je vous l'offre ! Moins cher ça n'existe pas !

Le vieillard avait pris l'objet du bout des doigts et l'avait tendu à son garçon sans même le regarder. Mais, pendant que ce dernier tournait et retournait, examinait sur toutes les coutures le pantalon qui venait de lui être offert, le vieil homme fixait Samuel. Quelque chose paraissait le contrarier. Et il restait là, l'air indécis, se dandinant devant le propriétaire du magasin. Manifestement, il voulait parler, semblait attendre une inspiration ou simplement le moment opportun, puis tout à coup se décida :

— Monsieur…

— Oui, qu'y a-t-il encore ?

— A ce prix-là, peut-être pourrais-je en avoir deux ?

Sans un mot, sans un sourire non plus, Samuel était redescendu au sous-sol d'où il avait rapporté un second pantalon.

Puis le vieux était parti. Il n'avait pas dit merci comme Wanda s'y attendait, avait simplement affirmé « je reviendrai ».

Lorsque le soir Samuel avait conté l'histoire à Hélène celle-ci avait ri et lui avait fait remarquer :

— Tu devrais être reconnaissant envers ce vieil homme, il t'a permis de faire ta *mitzva* annuelle !

D'autres expériences du même ordre s'étaient succédé qui avaient renforcé les liens de Wanda avec la famille Finkelstein. Et chaque jour grandissait son amour pour eux, s'approfondissait leur intimité, mais aussi croissaient en elle le sentiment de culpabilité, le poids du sombre secret qu'elle portait en son cœur. Chaque heure qui passait lui semblait plus difficile à vivre et le soir, lorsqu'elle se glissait entre les draps frais, elle appréhendait la nuit porteuse de cauchemar et d'angoisse.

5

Voilà, Wanda s'était à nouveau enfuie, comme ça, sans raison apparente. Voulait-elle se punir d'être restée trop longtemps chez les Finkelstein, d'avoir partagé leurs joies, pénétré leur intimité alors que son ascendance eût dû l'en exclure à jamais. Eprouvait-elle confusément un sentiment de trahison dont elle ignorait, ne savait décider quel en était l'objet. Avait-elle peur, simplement, de la folie générale que ses souvenirs lui évoquaient et que les propos de table de la famille Finkelstein avivaient ? Tout cela sans doute mais ceci aussi : la jeune femme, qui avait été nerveusement ébranlée depuis sa première adolescence, qui avait perdu tout repère même humain dans le monde, la jeune femme avait senti jour après jour son existence lui peser, son être même devenir insoutenable.

Combien de temps avait-elle erré dans la nuit, elle aurait bien été incapable de le dire. Elle avait avancé ainsi jusqu'au petit jour, par des rues et des quartiers inconnus, aveugle au monde qu'elle côtoyait, à la vie nocturne qu'elle traversait, sourde à ses pas qui résonnaient quand, soudain seule, elle emplissait une ruelle de sa présence inquiète, tout imprégnée de ses rumeurs intérieures, obsédée par une unique idée. Elle s'était égarée dans cette ville qu'elle connaissait mal et qui, la nuit, lui semblait plus étrangère encore, hostile presque, peuplée de fantômes réels et imaginaires. Et la jeune femme franchissait à la hâte les lueurs blêmes des réverbères, saisie par la crainte obscure d'être reconnue, vue par quels yeux ? et se jetait dans les ténèbres propices à ses visions somnambules. Elle se glissait inconsciemment le long des murs, choisissant les plus sombres venelles, profitant de toutes les anfractuosités de la rue pour se dissimuler. A la voir ainsi déambuler, on eût pu croire qu'elle cherchait à se fondre, à se perdre dans le dédale de la cité. Une chose, cependant, s'accordait mal avec cette impression et en faisait douter ; elle allait de l'avant sans jamais s'arrêter, sans jamais se retourner, d'un pas vif, décidé, comme pour accomplir un projet. C'est qu'une logique étrange l'habitait à ce moment. Elle pensait pouvoir arriver plus vite où elle projetait d'aller si personne ne la remarquait ! Aussi, lorsqu'elle se vit contrainte de demander son chemin à des noctambules qu'elle venait de croiser et sur lesquels elle s'était retournée pour la première fois de son périple, elle ne voulut pas relever l'air embarrassé qu'ils avaient eu pour lui répondre. Elle se refusait à voir l'incongruité, proche de la démence, qu'il y avait à se rendre au Vélodrome d'Hiver à quatre heures du matin.

Puis elle avait marché, sans se soucier d'eux ni de personne, le long du boulevard des Maréchaux, s'enfonçant dans la nuit, être hâve et triste, secouée de sanglots dont elle ignorait la cause mais qu'elle ne parvenait pas à réprimer, était remontée jusqu'au Trocadéro, avait traversé la Seine où elle avait été saisie par l'humidité qui ne devait plus la quitter, longé les quais en frissonnant, le regard fixé, tendu vers les reflets mouvants de la lune qui lui semblaient accompagner sa marche. Enfin elle s'était retrouvée devant l'énorme bâtisse qui était promise aux démolisseurs ; comme si la démolition de ce lieu allait effacer la honte qu'il avait connue et abolir la mémoire des faits passés.

Dans cette aube blafarde qu'elle n'avait pas vue venir, elle s'était arrêtée pour reprendre son souffle, transie par le froid et la fatigue. La jeune fille avait beau serrer contre son corps l'imperméable qui ne la protégeait plus depuis longtemps, elle ne pouvait s'empêcher d'être secouée de tremblements. Et l'angoisse lui pétrissait le cœur chaque fois qu'elle levait les yeux vers la bâtisse maudite qui la dominait. Peu à peu elle reprit son calme, mais sa poitrine la faisait souffrir et, lorsqu'elle ne put supporter une plus grande douleur, elle se dirigea vers le Vél d'Hiv'…

Une fois dans le hall Wanda regarda longuement les hommes affairés à l'entretien qui ne s'étaient pas même retournés à son arrivée. Comment pouvaient-ils être ici tels qu'ils eussent été ailleurs, comment leur était-il possible de travailler là, de n'être pas hantés par le drame qui s'était déroulé en ces lieux ? Et pourtant elle les voyait, vêtus d'une même blouse bleue de service, courbés à la tâche, s'interpellant l'un l'autre, vaquant avec application à leur charge, sans émoi, simplement pressés d'en finir pour se retrouver plus tôt libres. Alors, désespérant des hommes et d'elle-même, en proie à une agitation qu'elle contrôlait de moins en moins, Wanda se retourna et, empruntant l'escalier central, descendit tout au bord de la piste cyclable. C'est à ce moment qu'elle s'effondra définitivement. Le soleil qui venait de se lever rayonnait sur l'immense verrière diffusant une chaleur moite, anormale, la chaleur étouffante d'un lieu désaffecté qui contrastait avec la fraîcheur de la nuit et Wanda ressentit un vertige. Elle voulut s'accrocher à un fauteuil, fermer les yeux et ne pas voir, mais son imagination la tenait. Elle avait beau lutter, elle pouvait entendre les cris des enfants que l'on séparait de leur mère, ceux des vieillards et des femmes qui imploraient leurs gardiens insensibles et les ordres hurlés de ces derniers. Les images qu'elle avait forgées dans ses cauchemars si tenaces qu'elle évitait parfois de dormir pour ne pas les éveiller, ces images surgissaient devant elle, habitaient, emplissaient l'espace vide. Elles se superposaient, se mêlaient, tournoyaient devant ses yeux jusqu'à créer un spectacle terrifiant de corps distordus et de cris d'angoisse, de peur et de haine palpables. Elle vivait tout ce qu'Hélène lui avait raconté. Et elle était au milieu de ces gens, participait à leur douleur, leur déchirement, à leur épouvante.

Sans en avoir conscience, Wanda s'était, sous l'effet d'un prodigieux effort, jetée au centre du Vél d'Hiv', en faisant des gestes qui semblaient totalement incohérents, ceux-là mêmes qu'on attendrait d'une poupée désarticulée. Qui aurait pu penser qu'elle vivait en rêve, souffrait en imagination mais si intensément, ce qui s'était passé en ce lieu au mois de juillet 1942 ? Et elle courait, allait de l'un à l'autre, prodiguant sans compter des paroles de réconfort, animée par une force irréelle, surnaturelle, et ignorant ce qu'elle faisait. Elle voyait Hélène enceinte, son mari Samuel, ses parents bousculés par une foule anonyme, terrifiée. Tout autour d'elle des milliers de personnes. Beaucoup sont debout, massés au centre du Vélodrome, attendant dans l'anxiété, certains assis sur le bord de la piste, enveloppés dans le manteau pris à la hâte lors de l'arrestation, d'autres, épuisés, se sont allongés. Et chacun garde la maigre valise ou le simple paquet d'effets qu'on leur a permis d'emporter. Depuis combien de temps sont-ils parqués là ? un jour ? deux, sans eau ni nourriture, dégradés par la promiscuité et l'absence d'hygiène ? Et hommes et femmes prient, pleurent, tout le monde semble privé d'espoir même s'il en est qui tentent de soulager les proches, de sauver malgré tout l'idée de l'humanité au sein de cette démence…

Cependant, une femme de ménage, intriguée par l'attitude de Wanda qu'elle observait du haut des gradins depuis quelques instants, s'était approchée :

— Pardon, quelque chose ne va pas ? Est-ce que je peux vous aider ?

Et c'est ainsi que cette femme importune brisa le rêve halluciné de Wanda. Déconcertée et encore sous le choc, celle-ci n'était parvenue qu'à balbutier une phrase sans suite :

— Je ne sais pas… je suis venue pour voir… prier

enfin, vous savez ceux qui sont partis d'ici... en juillet 1942.

En entendant ces mots sans cohérence et après avoir considéré le visage défait de l'étrange jeune fille, la femme de ménage s'était éloignée sans mot dire, songeant probablement qu'elle avait affaire à une malade, quelqu'un de dangereux peut-être, en tout cas une personne qu'il valait mieux éviter. Wanda s'était alors effondrée et avait pleuré sans pouvoir s'arrêter. Puis, presque à regret, elle s'était redressée, et était sortie. Elle avait à nouveau traversé Paris, revenant sur ses pas avec difficulté, seule, terriblement seule.

Quand Wanda retrouva véritablement ses esprits, elle était à demi allongée sur un divan de velours prune, la tête sur les genoux de Richard. C'était la première fois, malgré tant de mois, de soirées et de week-ends partagés, que le jeune homme l'amenait chez lui. Wanda se souvenait vaguement qu'il l'avait mi-soutenue mi-portée jusqu'à sa voiture en la suppliant :

— Tiens le coup, tiens le coup juste un moment. Dans l'auto, tu pourras te laisser aller. Ici, ils sont déjà sur le point d'appeler une ambulance et ce n'est vraiment pas d'hôpital dont tu as besoin. Ne t'évanouis pas, je t'en prie. Encore un effort, Wanda.

Bien sûr, elle ne s'était pas évanouie. Elle ne s'évanouissait jamais, en fait. Il y avait seulement cette impression de malaise, de mort immédiate. Oui, elle avait eu très peur. Heureusement, pareil accident ne lui était jamais survenu en la seule compagnie des enfants mais si c'était arrivé, elle aurait su le dominer, elle en était convaincue. Tout comme le soir du Seder, chez les Finkelstein. Avec Richard, c'était différent. Avec lui, elle se sentait en sécurité. En plus d'être toujours attentif et attentionné, il était médecin. En toutes circonstances, il saurait veiller sur elle. Alors, avec lui, elle céda au malaise mais même alors, elle ne s'évanouit pas vraiment et le suivit, comme dans un brouillard.

Elle ne dit pas « où suis-je ». Ces murs couverts de livres, ce bureau qu'elle apercevait dans la pièce voisine, encombré de polycopiés, ce canapé même et la table basse rustique, devant, où s'entassaient bouteilles et revues médicales, ce ne pouvait être que le petit appartement de Richard, celui dont il lui avait déjà tant parlé, situé quelques étages au-dessus de celui de ses parents. Il était exactement semblable à ce qu'elle s'était imaginé.

Richard se dégagea, adossa confortablement Wanda à des coussins assortis au canapé, et entreprit de leur servir deux verres de whisky bien tassés.

Elle avala d'un trait et l'alcool lui brûla la gorge. Elle se redressa et reprit comme si rien, depuis, n'avait interrompu leur conversation.

— Je ne sais plus qui je suis. C'est affreux, Richard.

Il récita, comme entrant dans son jeu ou le calmant peut-être :

— Wanda Schomberg, blonde, yeux bleus, âge : vingt et un ans, domiciliée boulevard Barbès, actuellement fille au pair et censée étudier la littérature comparée en Sorbonne.

— Tu sais, j'ai bien l'intention de passer l'examen en fin de compte. Je n'ai peut-être suivi aucun cours mais j'ai étudié tout le programme. Je crois que j'ai mes chances.

Il fit la moue.

— Quelques travaux pratiques, des dissertations pour apprécier ton niveau par rapport aux autres, ça te serait sûrement utile. Les examens, je connais, soupira-t-il. Un coup de collier, ces derniers mois, et tu l'emporteras peut-être, ton diplôme. Je me souviens, quand tu es arrivée, tu disais qu'un parchemin signé de la Sorbonne te serait utile pour entrer dans une organisation internationale, en Suisse. Ce serait dommage d'abandonner maintenant.

Il s'arrêta soudain. Voilà, ils reprenaient une conversation normale et quelques instants encore et il aurait laissé filer le moment.

Se ressaisissant il s'approcha d'elle jusqu'à la toucher, la fixa droit dans les yeux puis, d'un air grave qui n'était pas feint, prononça les mots qu'il avait ruminés depuis qu'il l'avait recueillie errante :

— Tu es malade, tu le sais, je le sais, inutile de nier, mais je ne peux rien pour toi. Le mal dont tu souffres n'est malheureusement pas de mon ressort, il faudrait… Ecoute, j'ai un ami, le Dr Appelbaum, Thierry Appelbaum. Il est actuellement interne des Hôpitaux et lui pourrait t'aider… C'est un psychiatre. Veux-tu que je prenne rendez-vous pour toi ?

Wanda était trop faible pour opposer la moindre résistance, elle ne désirait qu'une chose, se reposer et oublier. Elle consentit, alors, par son silence et c'est tout juste si elle remarqua que Richard s'était levé et avait décroché le téléphone.

Lorsqu'il revint s'asseoir près d'elle, il murmura simplement :

— Voilà, c'est fait.

Puis la considérant, il ajouta :

— Ainsi, tu ne sais plus qui tu es… Tu t'appelles bien Wanda Schomberg, au fait ?

— Ça oui ! Hélas, si je possède une certitude, c'est certes celle-là.

— Pourquoi hélas ?

— Je donnerais n'importe quoi pour ne pas m'appeler Schomberg.

— Finkelstein, ça ne vaut guère mieux, fit-il, rieur.

Il ne comprenait pas. Il ne pouvait pas comprendre. Au fond, cela importait-il tellement ? Un jour, confiante, Wanda se livrerait d'elle-même. En attendant, il l'accepterait telle qu'elle était avec ses doutes, ses angoisses et ses craintes. Et si belle, si douce…

— Si Schomberg te déplaît tant que ça, reprit-il, pourquoi ne pas changer de nom. Wanda Fabre, par exemple. Ça te plairait ?

Il avait parlé avec insouciance, dissimulant l'anxiété

avec laquelle il guettait sa réponse. Mais elle ne répondait pas. Elle haussait les épaules.

— Qu'importerait ! Je ne sais plus qui je suis mais Schomberg, ce patronyme restera à jamais collé à moi.

— Et qu'y a-t-il de si lourd à s'appeler Schomberg ?

D'accord, le nom était peut-être répandu mais Wanda s'étonnait toujours que des Finkelstein si bien informés en la matière, un Richard qui lisait les journaux à la chaîne, n'aient encore pas fait de rapprochement.

— Mon nom est porteur de mort, murmura-t-elle.

— Les accidents mortels ne sont pas héréditaires.

— Mais les gènes, oui.

— Il n'existe pas de gènes de victimes de génocide, dit-il à tout hasard.

— Et de bourreaux ?

Elle ne pouvait en révéler davantage et, c'était stupéfiant, elle ne décelait aucun soupçon dans le regard soucieux et tendre posé sur elle.

— Tu te figures avoir provoqué la mort de tes parents ? Il est fréquent que des orphelins se sentent coupables, tu sais. Mais quelles qu'aient été les circonstances, tu n'y as été pour rien. Il est grand temps que tu l'admettes.

S'il savait ! S'il savait, jamais plus il ne la considérerait avec tant de chaleur, jamais plus il ne lui montrerait si totale confiance.

— Oh ! Richard ! soupira-t-elle.

Et se rapprochant de lui, elle saisit son visage à deux mains.

Tant de mois et c'était leur premier baiser. D'ordinaire, Richard avait la conquête facile mais avec Wanda, toujours si prompte à s'effaroucher, il n'avait pas osé le geste qui risquait de mettre fin à une relation qui, au fil des jours, lui était devenue de plus en plus chère. Il avait toujours su, et dès le début, qu'un jour il la prendrait dans ses bras. Ce à quoi, cependant, il n'avait jamais songé, c'est que ce serait elle qui ferait le premier geste.

Mais à présent que la chose était advenue, maintenant

qu'il la tenait serrée contre lui, qu'importait qui, d'elle ou lui, avait pris l'initiative. Ils s'étaient rapprochés irrémédiablement, unis une fois et cette fois portait en elle, comme une aurore joyeuse, toutes les joies à venir. Ils s'étaient embrassés et c'était la fin de toutes misères.

Quand enfin ils relâchèrent leur étreinte, ils se turent un long moment, savourant encore l'instant magique, Wanda demeurant pelotonnée contre le jeune homme.

Il insista pour qu'elle reste dormir auprès de lui et chez lui. D'abord, elle hésita. Il lui faudrait être de bonne heure boulevard Barbès pour conduire les garçons à l'école. Mais l'aube était déjà proche. Alors, traverser Paris maintenant ou dans quelques heures…

Richard glissa dans un sommeil bienheureux. Pensive, elle contempla un instant le visage serein et puis, sans un bruit, elle ramassa ses vêtements, se rhabilla et se glissa hors de l'appartement.

Et maintenant, Wanda ?

Maintenant, un métro, des êtres fatigués au teint blême se rendant à quelque travail. Maintenant, une volée de marches, une rapide valise à préparer. Un train à prendre. Il lui fallait se dépêcher pour ne pas le manquer.

Maintenant un compartiment de deuxième classe, vide à l'exception d'un sexagénaire qui fumait cigare sur cigare tandis que Wanda contemplait le vide.

Maintenant, un gouffre en elle.

Et tant de morts encombrant son chemin, sa jeunesse…

Ainsi du drame, au jour de ses quinze ans, tandis que les Alliés occupaient déjà Berlin. C'était le dernier cours, et malgré la défaite son professeur avait fait le panégyrique du « Grand Homme », sa lutte acharnée, le sacrifice qu'il avait consenti à la gloire de l'Allemagne et des générations futures. Elle avait écouté d'une oreille distraite mais les terribles événements qui allaient suivre ce discours l'avaient contrainte à y revenir, à retrouver les formules : jamais survivre au déshonneur de l'Allemagne, guerre perdue, tout fini, nous avons raison, le temps nous rendra justice, la victoire du nombre, notre rêve sali, revanche du faible, nous ne pouvons endurer cela, laver notre affront dans le sang… Le discours avait paru irréel, paroles de haine et de combats, de victoire presque, prononcées parmi les ruines fumantes, discours animé d'une folie inhumaine et qui pourtant avait ému certains de ses camarades, ceux qui jusque-là avaient identifié le Führer à un Dieu vivant, ému ceux que le nazisme avait imprégnés en leur tréfonds, ému ses compagnons au point de les pousser au suicide.

Ce jour-là Wanda était sortie avec l'un d'eux, Karl un ami de collège qu'elle connaissait et aimait bien. Et comme ils se dirigeaient silencieux vers le parc il avait soulevé le pan de son manteau pour lui faire entrevoir le revolver qu'il dissimulait. Ses yeux, doux d'habitude, étaient devenus braises ardentes, ses gestes, sa démarche semblaient à la jeune fille transformés. Il était méconnaissable, crispé sur une démence rentrée, un aveuglement, une décision aberrante qui le séparait de lui-même. Cet étranger qui était, avait été son ami, l'entraînait à présent vers le rare îlot épargné par les bombardements, en répétant sans cesse :

— Dans le sang, il a raison, dans le sang.

Mais alors qu'ils franchissaient les grilles du parc ils avaient entendu une double détonation. Ils s'étaient précipités pour découvrir, derrière la haie de buisson bien taillée, gisant sur la pelouse rougie de sang, les corps de deux de leurs camarades qu'ils avaient quittés, parlant et riant quelques instants auparavant. L'un avait dix-sept ans, l'autre seize ans.

Wanda avait hurlé. A partir de là, comme chaque fois qu'elle l'évoquait, son souvenir se fit plus confus. Ne lui restent que quelques éclairs : son hurlement, sa dénégation affolée, violente, non elle ne se suiciderait pas pour Hitler, puis Karl, pétrifié à son côté, et enfin sa fuite éperdue.

Elle ne devait jamais plus revoir son ami ni même savoir ce qu'il avait fait dans le parc après sa fuite, seul devant les cadavres...

Non, elle n'appartenait pas au cercle des bourreaux !

N'empêche, c'était à cause d'elle si sa mère était morte. Les bombardements étaient devenus quotidiens et, depuis des semaines, son père insistait pour que toutes deux aillent se mettre à l'abri, en Suisse. Elles pourraient loger chez les Kreissler. Otto Kreissler était à la fois son banquier et un sympathisant de sa cause. Schomberg lui avait depuis longtemps confié des fonds pour que, le cas échéant, il veille au bien-être de sa famille.

Mais Wanda s'était vite rendu compte que sa mère ne voulait pas s'en aller. Elle ne tenait pas à quitter la ville dévastée. Il y avait des blessés à soigner, des sans-abri à héberger, des gens qui avaient tout perdu à secourir. Les tâches étaient innombrables et partir en laissant tous ces malheureux piégés derrière elles, c'eût été déserter.

L'adolescente qu'elle était alors n'aurait eu pour sa part qu'une hâte : fuir ce cauchemar, ces sirènes hurlantes toutes les nuits, ces carcasses de maisons laissant apercevoir des traces d'une intimité ancienne, ces tas de gravats que des êtres maigres s'acharnaient à fouiller à la recherche de quelques meubles, de quelques vêtements, de quelque nourriture et même d'un corps aimé.

Pourtant, elle s'était tue. Devoir ! Elle avait grandi avec ce mot martelé à ses oreilles. Devoir ! Devoir, ce travail secret que son père accomplissait au ministère des Transports. Devoir, la motivation qui avait contraint son frère à endosser l'uniforme en dépit de toutes ses réticences avant de disparaître à tout jamais. Devoir, lui répétait-on au lycée et dans le mouvement de jeunesse. Devoir, soupirait sa mère, fourbue et se massant les reins.

Devoir !

Alors, même si son père, d'ordinaire si strict, insistait chaque soir pour que sa famille échappe au sort commun, Wanda n'avait pas supplié sa mère. Elle ne lui avait pas hurlé son absolu désir de partir. Loin. Très loin. Loin du malheur et des uniformes.

Et une fin d'après-midi, après une énième alerte passée à lire en tremblant dans les caves d'un immeuble, elle avait découvert la maison de pierre meulière écroulée, masse fumante. Et sous les pierres meulières, gisait sa mère. Et c'était sa faute si elle gisait là, morte parce que sa fille n'avait pas osé tenter de la convaincre de tout abandonner pour un lieu paisible, tranquille, sûr.

Wanda avait tué sa mère.

Restait ce père qu'elle n'avait pas encore appris complètement à haïr. Elle ignorait qu'elle n'accepterait plus jamais qu'il l'embrasse ou même qu'il la touche quand, affectueusement, il l'étreignit avant de l'aider à s'installer dans le confortable compartiment de première classe qui l'emporterait vers une vie nouvelle.

Les yeux secs, elle l'avait contemplé qui agitait un mouchoir blanc. Seul signe de paix qu'elle le verrait jamais accomplir.

Et ce fut le début d'une nouvelle vie. Une nouvelle fois, mais en mourant cette fois, sa mère avait redonné naissance à Wanda.

Au bout d'un voyage ponctué de multiples contrôles s'achevant tous par des courbettes, il y aurait Zurich, Oncle Otto, Tante Ilse mais les sirènes continueraient à résonner aux oreilles d'une Wanda désormais toujours en alerte.

Le Dr Appelbaum faisait partie de ces hommes dont l'existence est guidée, tendue par une unique volonté : alléger la souffrance des autres. Son engagement dans le corps médical n'était pas l'effet d'un choix réfléchi et pesé, il y était entré plutôt comme on entre en religion, poussé par cette vocation qui l'habitait tout entier et qu'une phrase, revenant tel un leitmotiv dans sa conversation, éclairait tout à plein : il avait, en effet, accoutumé de dire quand on l'interrogeait sur son souci des autres, s'étonnait de l'astreinte et de l'oubli de soi qu'entraînait une telle démarche : « C'est au travers des problèmes de mes patients que je parviens à résoudre les miens. » Paradoxalement l'homme semblait sauvage aux yeux de ses pairs. Rarement le voyait-on vaguer dans les couloirs de l'hôpital ou ailleurs et, si on l'y croisait, il donnait toujours l'impression d'être occupé à quelque tâche d'importance. Peu liant et difficile d'abord, il réservait son amitié à des gens sûrs et l'expression de gravité qui ne quittait jamais son visage renforçait encore cet aspect lointain. Seuls ceux qui le connaissaient savaient quel regard rieur animait ses traits délicats dès qu'il se détendait et la chaleur humaine extraordinaire qu'il gardait par-devers lui mais qu'il n'hésitait pas à manifester lorsqu'il en était besoin.

Né dans une famille juive pratiquante, ses parents, d'honnêtes commerçants fourreurs, n'avaient eu qu'une ambition pour leur fils : que celui-ci devienne quelqu'un de respectable, qu'il accède au rang des hommes établis, des notables.

Leurs vœux avaient été exaucés, et au-delà même de leurs espérances. A la suite de bonnes études secondaires, Thierry, sur l'insistance de son père, peut-être pour se débarrasser de son emprise, mais certainement pour accomplir sa vocation, s'était lancé avec succès dans les études de psychiatrie. Mais, de ce père qui ne cachait pas son orgueil il n'avait pu se libérer totalement et il devait encore, même aujourd'hui, souffrir ses plaisanteries. Il en était une surtout que le vieil homme affectionnait, et qu'il ne manquait jamais de faire quand l'occasion lui en était donnée. Ainsi, s'il était en présence d'amis ou de membres de la famille, trouvait-il toujours moyen de poser la question suivante : « Savez-vous la différence qu'il y a entre un juif fourreur et un juif médecin ? Non ? Eh bien la différence est mince, tout juste une génération. » Et son fils chaque fois bronchait, il aurait voulu y rajouter toutes ses années de peine à l'Ecole de méde-

cine, cette discipline de tous les jours qu'il s'était imposée pour mener son rêve et celui de ses parents à son
terme. Pourtant, dans son cœur, Thierry supportait aisément cet humour à ses dépens parce qu'il aimait et respectait son père.

Sa mère, elle, était faite d'une autre pâte. Possessive et
fière comme le sont les mères juives, elle accordait à son
fils toutes les qualités et avait pour lui toutes les indul-
gences. Que n'avait-elle fait pour lui ? Entre le strudel du
vendredi soir et les études dans lesquelles elle l'avait
accompagné, elle avait vécu toutes les angoisses, toutes
les joies de son fils et presque passé les examens avec lui.
Pour elle, son fils était partout présent et quoi qu'il fasse
elle se tenait à ses côtés. Un jour, par exemple, qu'elle
était dans son «Délicatessen» préféré en compagnie de
l'une de ses amies elle avait demandé au propriétaire :

— Votre chase-cake, est-il bon, avez-vous mis assez
de raisins secs ?

— Madame, la seule chose que je puisse vous dire
c'est qu'il n'y a pas cinq minutes un jeune homme est
venu dans ma boutique pour me dire que mon gâteau
était formidable, que c'était exactement celui que sa
mère tentait de faire depuis des années.

Alors Mme Appelbaum s'était tournée vers son amie
et lui avait dit avec un grand sourire.

— Tu vois, Rachel, je te l'avais bien dit, mon fils est
venu ici !

La première rencontre avec le Dr Appelbaum se passa
très simplement. Wanda découvrit un jeune homme,
mince, frêle, que d'aucuns disaient maigre, mais sa
manière de se tenir toujours très droit, presque raide, les
fourvoyait, le faisant paraître émacié quand il était élancé.
Vêtu, ce jour-là comme tous les autres jours, d'une de
ces tenues claires qu'il aimait à porter et qui contras-
taient si bien avec ses cheveux de jais, il introduisit

Wanda dans un cabinet où régnait l'ordre. La jeune femme, qui connaissait la raison de son état mais ne pouvait l'avouer, avait accepté cette entrevue pour ne pas éveiller les soupçons mais doutait qu'une psychanalyse puisse lui être d'un quelconque secours, redoutait même ce qu'elle pourrait dire durant les séances.

Le Dr Appelbaum, lui, avait reçu Wanda comme une apparition. Il ne savait presque rien d'elle et pour cela s'attendait à tout, mais, ainsi qu'il advient toujours en ces cas-là, il fut déçu en bien dans son attente, ou plutôt saisi, voire bouleversé. A la faveur, en effet, d'un contre-jour propice il avait vu se dresser devant lui une jeune femme belle indéniablement, d'une beauté que la maladie n'avait su effacer, faite de retenue et de pudeur. Et, au sein des traits harmonieux du visage il avait été surtout frappé par un regard clair, un regard limpide mais ce jour-là hanté d'une sombre tristesse qui l'avait ému jusqu'au plus profond de lui. Il ne devait jamais l'oublier. Et, mal conscient de son trouble, il s'était levé pour l'accueillir.

Après les présentations elle choisit une chaise, évitant soigneusement le divan, et face au silence amène du médecin prit la parole.

— Je ne suis pas ici par l'effet de ma propre volonté. C'est Richard, enfin Richard Fabre qui a pris ce rendez-vous pour moi. Avant toute chose, docteur, je voudrais vous dire que je ne suis pas folle, simplement fatiguée. J'ai besoin de reprendre des forces. Un peu de repos, c'est tout ce qu'il me faut.

— Il se peut que vous ne soyez pas… folle, comme vous dites, mais il faut que je m'en assure. D'ailleurs, il n'est pas utile de l'être pour entrer dans le bureau d'un psychiatre. Vous êtes souffrante, c'est un fait. Que je puisse vous aider, une possibilité, mais une possibilité à ne pas négliger dans votre état. Quoi qu'il en soit, et quelle que soit la forme que prendront nos entrevues il vous faudra coopérer avec moi. N'est-il pas dit dans les Saintes Ecritures « Aidons-nous les uns les autres ? ».

Wanda sourit et ne put s'empêcher de corriger le lapsus.

— « Aimons-nous les uns les autres ». Ce n'est pas tout à fait la même chose.

— Très juste. Mais il y a là une question d'interprétation, et l'interprétation, comme la Bible, comme la vie aussi, est chose sans fin.

Et la séance se déroula ainsi, sans que l'on parlât de cure, sans que l'on abordât l'enfance de la jeune femme. Si bien que Wanda en quittant le bureau du Dr Thierry Appelbaum se retrouva perplexe. Tout d'abord, se demanda-t-elle, pourquoi avait-il mêlé la Bible à l'aide qu'il prétendait pouvoir lui apporter ? Et quelle raison avait-elle de revenir, sinon, peut-être, une certaine paix dont elle imaginait percevoir les effets ? Une existence sans fin ! Il y a quelques années de cela, elle aurait pu la désirer. Mais aujourd'hui ! Elle était lasse de vivre, elle avait le sentiment de ne pas avoir de place dans le monde, de ne servir à rien, d'être incomprise. Et elle ressentait une immense douleur présente dans l'attachement dont elle ne pouvait se départir pour son père, présente dans l'éducation qui avait été la sienne, présente dès sa plus tendre enfance.

Wanda prenait le temps de flâner avant de retourner dans le giron de la famille Finkelstein, de retrouver ses obligations, mais à vrai dire elle ne goûtait pas sa déambulation. Elle passait et repassait dans son esprit la visite chez le Dr Appelbaum, elle revivait avec angoisse la panique qui l'avait saisie sans qu'elle eût pu opposer la moindre résistance, elle songeait à son père. L'espace d'un instant elle fut distraite de ses pensées par un groupe d'enfants jouant au football sur la chaussée. Elle les considéra tristement. Elle aurait bien voulu partager leur joie simple mais ressentait douloureusement l'impossibilité de s'abstraire de son histoire et, à regret, elle s'éloigna. Puis, ayant traversé cette petite rue si calme, se retrouva face au 80, boulevard Barbès. Et là, devant le porche de l'immeuble, elle se souvint. Elle se revit descendre du train, rencontrer Richard, se présenter aux Finkelstein à l'aube claire d'une vie nouvelle. Que de souffrances depuis, endurées et dissimulées, mais aussi la joie d'avoir été adoptée par cette famille. Tous l'entouraient d'affection. Hélène ne lui posait aucune question sur les raisons de son état. Après ses crises ils l'avaient quand même laissée s'occuper des enfants qu'elle soignait avec la plus grande sollicitude. Pourtant elle ne pouvait en rester là, il lui faudrait bien un jour parler, avouer aux Finkelstein et à Richard de quel monstre elle était issue.

Hélène la trouva songeuse et se demanda ce qui avait bien pu ressortir de la consultation. Wanda, les paumes moites, résistait à l'envie de courir vers la gare mais la présence bienveillante d'Hélène et la perspective de rejoindre Richard dans la soirée la retenaient. S'efforçant de ne pas laisser paraître qu'elle avait remarqué le trouble intérieur de la jeune fille et qu'elle s'en inquiétait, Hélène avait invité Wanda à s'asseoir ; il lui restait encore du temps avant d'aller chercher les enfants. Elle savait pour le rendez-vous du soir et cela, au moins, la rassurait quelque peu. Il était bon que la jeune fille sorte, qu'elle reprenne goût à la vie et la compagnie du jeune Richard s'était jusque-là révélée bénéfique. Elle ignorait jusqu'où leur relation pouvait aller, Wanda n'en parlait guère, mais se réjouissait pour la jeune fille sans famille et esseulée, qui traversait de si durs moments, qu'elle ait ainsi un ami et peut-être plus. Ils en avaient déjà parlé avec Samuel et celui-ci avait été de son avis. C'est donc presque maternellement qu'elle proposa à la jeune fille d'aller se reposer tandis qu'elle, Hélène, irait chercher les enfants. Mais Wanda refusa. C'était la dernière chose qu'elle pouvait faire, la dernière responsabilité qu'elle s'accordait, et il ne fallait pas qu'on la lui retirât.

Le soir Wanda arriva très en avance au rendez-vous de Richard. Pour mieux réfléchir, elle choisit une table au fond du café. Parlerait-elle ? Attendrait-elle encore ? Elle songea qu'il était peut-être trop tôt, qu'elle devait s'accorder une chance supplémentaire en affermissant d'abord leur relation. Comment réagirait-elle si, brusquement, dégoûté d'apprendre qui elle était vraiment, il la rejetait ? Encore une soirée paisible, seulement paisible ! Et elle décida, finalement, de s'accorder ce répit. Tout à coup un homme au costume foncé, chapeau mou sur les yeux et imperméable sur le bras se dressa devant elle.

— Wanda, dit-il.

Il ôta son chapeau, son visage parut en pleine lumière et Wanda le fixa médusée.

6

Wolfgang Herbert souriait gentiment comme s'il était ravi de la revoir. Wanda, elle, se recroquevilla comme pour échapper à un fantôme. Il lui tendit la main avec un simple mot :

— Viens, lui chuchota-t-il à mi-voix.

— J'attends quelqu'un, dit-elle.

— Je sais. Il attendra. Viens, répéta-t-il. J'ai peu de temps et je suis venu pour toi.

A la patronne qui connaissait et aimait bien « ses amoureux », Wanda laissa un message avertissant Richard qu'en raison d'une obligation inattendue elle serait sans doute en retard. Surtout qu'il patiente, elle lui expliquerait, ce n'était pas sa faute. Et elle suivit l'homme qu'en uniforme, elle avait aperçu si souvent aux dîners, dans la maison de pierre meulière.

Il l'entraîna pas très loin, dans un autre café.

L'endroit était calme et peu fréquenté. Il l'avait repéré à l'avance. Il invita Wanda à s'asseoir sur une banquette de moleskine rouge tandis que lui s'installait sur une chaise bancale, le dos tourné à la salle.

La jeune fille le contemplait, les yeux inquiets, le visage pâli. Herbert lui sourit encore. La pauvrette avait tant souffert. Elle ignorait encore que, s'il avait pris le risque de se rendre à Paris, ce n'était que pour apporter une aide dont la fille de Hans Schomberg paraissait avoir le plus grand besoin.

— Deux cognacs, commanda-t-il d'une voix rauque.

L'alcool réconforterait la petite Wanda et l'aiderait à surmonter sa surprise. Il comprenait qu'elle devait avoir cru à l'apparition d'un fantôme quand, brusquement, il avait surgi devant elle. Mais comment s'annoncer ?

Il avait encore des fidèles dans cette ville pour l'avoir renseigné sur les faits et gestes de la jeune fille. Son sang n'avait fait qu'un tour quand il avait su qu'Otto et Ilse Blasberg l'avaient quasiment chassée de chez eux sans un sou. Pire même, en s'appropriant ses biens. Lui et les siens étaient responsables de la fille d'un des leurs, incapable de veiller sur elle depuis sa prison.

Il n'y avait pas eu besoin de longues menaces pour qu'Otto Blasberg rendît gorge. Le banquier savait parfaitement qu'avec des gens comme Wolfgang Herbert, même s'il se nommait à présent Thomas Bernt, un accident était très vite arrivé. Une voiture qui surgit inopinément, vos propres freins qui lâchent… Herbert lui-même était tout à fait capable de sortir à l'instant un pistolet de sa poche, de l'abattre sur-le-champ et de repartir tranquillement par la grande porte. Blasberg avait signé tous les papiers qu'on lui présentait, assurant qu'en fait, il s'était toujours considéré comme le tuteur de Wanda Schomberg et qu'elle n'aurait eu qu'à demander pour qu'il lui verse une excellente pension.

Herbert avait hoché la tête, fait mine d'accepter toutes ses explications, serré la main du banquier. Le traître n'en serait pas moins châtié, une fois l'affaire réglée et la fortune de nouveau en possession de Wanda. La fille de Hans Schomberg ne serait plus contrainte de travailler comme bonne chez des juifs. Il rougissait de honte que le mauvais sort des armes l'y eût forcée. L'organisation avait bien fait les choses. L'argent était déjà dans une banque parisienne. Herbert était heureux de pouvoir, pour une fois, annoncer une bonne nouvelle.

Il considéra avec aménité la si jolie aryenne qui, d'un trait, avalait son cognac.

— Tu es surprise de me voir, Wanda, n'est-ce pas ?

Elle acquiesça d'un signe de tête. La gorge nouée, elle ne parvenait pas encore à parler.

— Je comprends. Tu l'ignores, bien sûr, mais tu as des amis qui veillent sur toi. Nous savons que tu es une bonne fille. Nous savons que tu t'efforces quand tu le peux de rendre visite à ton père, que tu ne l'as pas abandonné. Oh ! Tu ne le vois pas souvent, certes, mais les voyages coûtent si cher. A présent, tu seras libre de te déplacer comme bon te plaira.

— Je ne comprends pas, réussit-elle à articuler.

— L'organisation veille au bien-être de ses orphelins, Wanda, et tu es désormais comme une orpheline. De Spandau, ton père ne peut plus rien pour toi. Nous, nous pouvons tout.

L'organisation ? Les nazis auraient-ils donc conservé toutes leurs capacités de nuire. Elle considéra Wolfgang Herbert, ancien membre éminent de la Gestapo berlinoise avec une horreur que lui prit pour de la très naturelle stupéfaction.

— Tu n'auras plus besoin de t'échiner chez des juifs, dit-il en posant une main bienveillante sur celle de la jeune fille.

Elle aurait voulu lui hurler de s'en aller. Elle choisit de l'écouter. Il lui fallait en apprendre davantage, connaître les raisons pour lesquelles «ils» l'avaient cherchée et retrouvée. Jamais elle ne s'était sentie épiée. Pourtant, ce bourreau, en face d'elle, était en train de maudire les Finkelstein qui exploitaient éhontément la fille d'un dignitaire nazi, laquelle vivait dans une misérable chambre de bonne au lieu de dormir dans des draps de soie, dans un somptueux appartement. Mais il était là pour y mettre bon ordre. Wanda Schomberg retrouverait le rang qui lui était dû. En Amérique du Sud peut-être? Elle choisirait. Elle était désormais libre de choisir.

Herbert lui parla de son entrevue avec Blasberg. Il avait récupéré toute la fortune de Hans Schomberg. L'organisation avait prélevé dessus une dîme normale. Il y avait tant d'épouses, d'enfants, d'hommes en fuite ou qui se terraient, à aider. Mais que Wanda se rassure. Il lui restait largement assez pour une longue existence luxueuse. Des millions, en francs suisses, dollars et livres sterling. Des diamants, des lingots d'or et des bijoux précieux. Tout était là, bien à elle. Il lui en tendit les titres de propriété.

Elle les contempla, l'œil morne.

Herbert lui sourit encore. Evidemment, la pauvrette s'était imaginée abandonnée. Elle ne croyait pas encore à sa chance.

Wanda contemplait les papiers qui la rendaient propriétaire de millions. Une fortune arrachée à des hommes, des femmes, des enfants dont les corps gisaient dans des charniers. Une fortune maudite.

Une sueur brûlante baigna son front mais ce n'était pas le moment de se laisser aller à un malaise. En tumulte, des pensées agitaient son esprit. Vite, une décision s'imposait. A Zurich, elle avait deviné que Blasberg la spoliait mais elle n'avait pas voulu se battre pour cet argent du malheur. De ces richesses prises à des cadavres martyrisés, elle ne voulait pas.

Déchirer ces titres en mille morceaux, les jeter avec mépris au visage de ce bourreau souriant, comme c'eût été agréable ! Mais pour quel résultat ? Cette fortune retournerait enrichir les caisses de cette mystérieuse organisation dont Herbert lui avait parlé et il y avait sûrement meilleure façon de l'utiliser. De plus, du même coup, elle se ferait des ennemis mortels qui, s'ils étaient convaincus d'avoir désormais rempli leur devoir envers elle, la laisseraient peut-être dorénavant en paix.

Combien d'autres Herbert erraient encore en ce monde, libres de leurs mouvements ?

Elle en tremblait. Rien n'était réglé. Le passé toujours la poursuivait.

Le mieux était de prendre les titres. Elle demanderait ensuite conseil à Samuel, à Richard, ou au psychiatre qui la traitait, sur la meilleure utilisation possible de ce pactole. En attendant, il lui fallait se montrer aimable avec ce tueur, dissimuler sa haine et même répondre à son sourire. Elle rangea soigneusement les papiers dans son sac. Elle s'enquit de la femme et des enfants d'Herbert. Toujours aussi gentiment, il répondit que moins elle en saurait, mieux cela vaudrait au cas où quelque espion chercherait à l'interroger. Les Israéliens étaient habiles. Les juifs avaient toujours eu l'esprit tortueux et Wanda n'était encore qu'une jeune fille naïve. Qu'un «chasseur de nazis», comme ils s'appelaient eux-mêmes, s'arrange pour devenir son ami et se fasse passer pour un des leurs, Wanda parlerait en toute confiance. Qu'elle sache seulement qu'ils allaient bien et qu'ils étaient à l'abri. A présent, elle l'était aussi.

Elle le remercia chaleureusement. Le reverrait-elle ? demanda-t-elle, de l'innocence plein les yeux.

Non, hélas. Il préférait ne pas s'attarder à Paris et, même, ne plus jamais s'y montrer. Il n'avait pris ce risque que parce qu'elle était la fille de Hans Schomberg et qu'il n'aurait voulu confier cette mission de secours à nul autre. A présent, elle n'avait plus besoin de lui ni de l'organisation.

Il était désolé mais Wanda ne le reverrait plus. Ni lui, ni aucun autre de ses amis d'antan. C'était regrettable, mais c'était ainsi. Ici s'achevaient son rôle et le devoir de ses compagnons. Toute nouvelle mise en danger était inutile, et pour eux, et pour elle.

Il se leva, remit son chapeau, reprit son imperméable. Elle se leva aussi. Avec tendresse, il l'embrassa sur les joues dont il attribua l'embrasement à la reconnaissance et à la tristesse de devoir définitivement se séparer. Elle devait se sentir souvent si seule, murée dans ses secrets, la petite Wanda !

Pas la peine non plus qu'ils s'en aillent d'ici ensemble. Des gardes protégeaient Herbert, dispersés aux alentours mais l'homme avec lequel Wanda avait rendez-vous dans l'autre café pouvait être en train d'arpenter le boulevard en l'attendant et l'interroger ensuite sur son compte. Se montrer sottement jaloux, même. Les accidents surviennent toujours de façon si stupide !

Elle devait attendre qu'il soit sorti puis elle partirait à son tour. Il jeta quelques billets sur la table. Des mots se formèrent sur ses lèvres quand il se retourna avant de franchir la porte : « Bonne chance, Wanda. »

L'homme recherché par tant de polices s'évanouit dans la nuit.

Et maintenant, Wanda ?

Lentement, elle s'obligea à recouvrer la maîtrise de son souffle.

La Commission des Nations unies sur les crimes de guerre nazis fut constituée le 20 octobre 1943 mais déjà, devant les atrocités perpétrées dans tous les pays occupés par les troupes du Troisième Reich, l'idée en avait été lancée dès octobre 1942.

Les responsables du génocide juif et tsigane, des déportations d'innombrables civils, de massacres sans pitié, il fallait qu'ils soient jugés et châtiés à la face du monde pour que plus jamais pareilles atrocités ne se reproduisent.

Les Alliés dressèrent des listes de criminels de guerre nazis. On créa trois commissions chargées de réunir preuves et faits, de légiférer, de dresser une échelle des châtiments.

Le 8 août 1945, les accords de Londres créaient le Tribunal militaire international avec mission de juger les coupables. Trois délits étaient précisément établis : crime contre la paix, crime de guerre, crime contre l'humanité.

C'est de crime contre l'humanité qu'il fut spécialement question, du 20 novembre 1945 au 1er octobre 1946, lors du procès de Nuremberg où furent jugés les chefs politiques, économiques et militaires du régime nazi, capturés par les Alliés. Là, on parla pour la première fois de la « Solution finale », qu'Hitler avait voulu imposer au peuple juif.

A Nuremberg, dans le box des accusés, il y avait entre autres Hermann Goering, Hans Frank, gouverneur de la Pologne occupée, Ernst Kaltenbrunner, chef des services de sécurité du Reich, Joachim von Ribbentrop, ministre des Affaires étrangères, Julius Streicher, rédacteur en chef du fameux journal antisémite *Der Stuermer*, Albert Speer, conseiller et architecte chéri du Führer, et Hans Schomberg, le responsable des Transports qui même dans la tourmente des derniers jours de la défaite nazie était toujours parvenu à livrer des trains entiers de juifs aux portes des fours crématoires.

Dans la salle, il y avait une adolescente, modèle parfait de ce qu'avait souhaité le Reich millénaire, une gracile blonde aux yeux bleus et au visage de madone qui écoutait, affolée, témoin après témoin, parler de l'horreur.

Treblinka, Maidanek, Sobibor, Auschwitz, Dachau… Elle ne se bouchait pas les oreilles. Elle écoutait de toute son âme sans quitter des yeux les hommes, là-bas, impassibles dans leur box, sûrs de leur bon droit, répétant qu'ils n'avaient fait qu'appliquer la loi, qu'obéir aux ordres… Sans cesse, elle fixait son père, si fier de son habileté à constituer ses convois de la mort quelles que soient les circonstances, fier aussi d'avoir si bien rempli leurs wagons.

Images de charniers, de corps décharnés, de visages émaciés. Hommes et femmes se succédaient à la barre, parfois sanglotant, parfois d'un calme étrange, mais tous parlant de villages en flammes, de familles séparées et assassinées, de feu, de balles, de gaz.

Il y eut douze condamnations à mort, quatre condamnations à perpétuité, quatre à diverses peines de prison, trois acquittements. Hans Schomberg était de ceux qui ne connaîtraient jamais plus la liberté.

La frêle blonde fut autorisée à lui rendre visite dans sa geôle. Jamais, elle n'obtint de lui la moindre parole de remords. Au contraire même. Il méprisait ses juges. Il vilipendait ces vainqueurs qui avaient beau jeu de juger des vaincus. Le destin en eût-il décidé autrement, les nazis eussent-ils connu la victoire, il serait aujourd'hui un homme comblé et universellement respecté. Même dans son cachot, il demeurait fidèle au Führer et s'enorgueillissait de son apport au Reich. Ce n'était pas sa faute si la guerre avait été perdue. Lui avait fait de son mieux.

Hélas ! Ses amis et lui n'avaient pas réussi à éliminer les juifs de la surface de la terre et maintenant, ils se vengeaient, se servant sournoisement, à leur habitude, de leurs banques et de leur presse pour influencer le monde entier. Jusqu'à sa propre fille qui ne le comprenait pas !

Elle était bien la fille de sa mère qui, toujours, avait refusé de l'écouter lui parler de son travail, qui jamais ne l'avait encouragé dans sa carrière, qui n'avait jamais voulu croire que Gershwin, Kokoschka et Freud étaient les ennemis d'une humanité qu'ils contribuaient à dégénérer de leur mieux. Son fils, lui, l'aurait admiré même dans la misère de sa prison.

Wanda en doutait. Dieter avait compté parmi ses camarades de lycée un garçon gai, aux cheveux bouclés et aux yeux bruns qu'il voyait en cachette parce que son père lui interdisait de le fréquenter. Il s'appelait Horst. Un jour, Horst avait été absent au cours. Dieter savait qu'il pouvait avoir besoin d'aide. Dès la sortie, il avait couru chez lui. Il avait espéré en chemin qu'avec sa famille, son ami était parvenu à s'échapper du pays. Ce n'était pas le cas. Des voisins le lui confirmèrent : un camion bondé de policiers avait emporté à l'aube Horst, ses deux sœurs et ses parents.

Il y eut des éclats de voix dans le bureau de Hans Schomberg mais pour lui, il n'existait pas de bons juifs. Les prières de son fils ne l'émurent pas. Il refusa d'intervenir en faveur de Horst et des siens.

Dès lors, Dieter ne lui avait pratiquement plus adressé la parole. Il usait de tous les prétextes pour ne pas se rendre aux réunions des Hitlerjugend. A la sortie de l'adolescence, ni menaces, ni supplications n'étaient parvenues à le faire adhérer au Parti nazi. Immédiatement enrôlé dans la Wehrmacht, il n'avait pas voulu non plus user des relations paternelles, comme l'en priait si fort sa mère, pour obtenir quelque sinécure. Il partit droit pour le front russe.

En revenait bientôt un cercueil enrobé, hommage à Herr Schomberg, du drapeau frappé d'une croix gammée qu'il avait tant haïe et d'une croix de fer que son père avait posée en bonne place dans son bureau et que Wanda, plus tard, avait retrouvée intacte dans les décombres de la maison de pierre meulière. Elle en avait volontairement oublié la signification pour ne la considérer que comme une précieuse relique dont jamais elle ne s'était séparée.

Avec ses compagnons mais contraint à l'isolement, Hans Schomberg fut relégué à la prison de Spandau.

La blonde adolescente reprit le chemin de la Suisse et acheva ses études au lycée. De temps à autre, elle se forçait à rendre visite à un père qu'elle se reprochait de haïr car ce sentiment lui semblait contre nature puisqu'un même sang coulait dans leurs veines. Elle y allait car elle savait que nul autre qu'elle ne lui adressait jamais la parole et pourtant, chaque fois, ils n'échangeaient que peu de phrases. Hans Schomberg s'était enfermé dans son amertume et son ressentiment. Tout était la faute des juifs !

A Zurich, la vie était devenue pénible. Autrefois si gentils pour Wanda, Oncle Otto et Tante Ilse avaient maintenant hâte de se débarrasser d'une gamine qui rappelait aux yeux de tous leurs sympathies nazies d'antan. Ils la traitaient à présent presque comme une domestique. Un jour, Oncle Otto lui avait annoncé qu'elle n'avait plus d'argent, la Suisse ayant décidé de mettre sous séquestre tous les comptes suspectés d'appartenir à des nazis. Il se félicita d'avoir pu sauver une maigre somme qu'il lui remit. Wanda soupçonna le banquier d'avoir été averti bien à l'avance des mesures qui se préparaient, sinon de les avoir devancées. La fortune confiée par Hans Schomberg devait se trouver à présent dans ses propres coffres.

Wanda se tut. De toute façon, de cette richesse affreusement acquise, elle ne voulait pas. Elle remercia Oncle Otto du misérable chèque qu'il lui remit, l'empocha et annonça qu'elle partait pour Paris.

Bon voyage, lui souhaitèrent Oncle Otto et Tante Ilse, soulagés, sans se soucier de la conduire à la gare et sans même lui demander de leur donner de ses nouvelles.

Ils ne lui demandèrent pas non plus ce qu'elle comptait faire en France. La réponse les eût pourtant fort étonnés.

Wanda Schomberg, la fille de Hans Schomberg, voulait comprendre qui étaient les juifs, ce que c'était que d'être juif. Apprendre à les aimer, elle qui si brutalement avait été plongée dans leurs souffrances.

Comme eux, avec son père honni, avec son nom honni, orpheline d'une mère bien-aimée, privée d'un frère adoré, elle se sentait victime d'un régime affreux.

Dès la gare de Lyon, une petite annonce l'avait conduite chez les Finkelstein.

La fille de Hans Schomberg, spécialiste des trains de la mort, s'était trouvé une nouvelle famille. Une famille juive.

Dans son cachot, l'homme savait que sa fille accourrait bientôt. Aujourd'hui, demain, après-demain, peut-être, un visage apparaîtrait au guichet, la lourde porte de bois s'entrebâillerait, une voix annoncerait :

— Une visite pour vous, Schomberg.

Et pour lui, il n'existait pas d'autres visites que celles de Wanda.

Elle ne venait pas souvent. De toute façon, « ils » ne lui auraient pas permis de venir souvent. Mais quand elle était là, il ressentait tant d'amour pour sa jolie enfant blonde. Elle l'aimait aussi, sans doute, puisqu'elle venait. Certes, il percevait quelques réticences dans son attitude. Mais quelles horreurs ne lui avait-on pas racontées sur son compte ?

Bien sûr, elle avait des doutes. Mais elle était jeune, si jeune...

A présent, quelqu'un, il ignorait qui, avait dû déjà la contacter. Wanda avait compris que, même de sa geôle, il veillait sur elle. Que des amis lui étaient restés fidèles et que, même pourchassés, ils demeuraient solidaires, s'entraidant.

Quand Wanda lui avait confié (sans lui dire chez qui ni pourquoi) qu'elle était désormais fille au pair à Paris, il s'était d'abord étonné qu'elle en soit réduite à un si humble travail. Elle lui avait expliqué la loi suisse sur les blocages des comptes d'anciens nazis ou soupçonnés tels. Oncle Otto lui avait remis le petit reliquat avec lequel elle avait gagné la France. Oui, le travail était sans doute humble et elle avait rêvé de mieux, dans la grande maison de pierre meulière mais lorsqu'elle maîtriserait parfaitement le français, qu'elle aurait obtenu un bon diplôme en Sorbonne, elle rentrerait en Suisse et chercherait un emploi dans une grande organisation internationale. Après tout, elle disposait toujours d'un très authentique passeport suisse ! Elle ferait carrière.

Il l'avait écoutée avec bienveillance. Les femmes parlaient toujours de faire carrière. La sienne n'avait-elle pas rêvé d'être pianiste, soliste de renommée internationale ? Et puis, un jour, elles rencontraient un brave garçon, se mariaient, avaient des enfants, ne se préoccupaient plus que de leur foyer et de leur famille. Wanda ne dérogerait pas à la règle.

En revanche, pas un instant, il ne crut à cette histoire de ruine soudaine. Comme les autres, Blasberg profitait de la défaite pour s'enrichir. Il y avait belle lurette qu'il avait dû mettre à son nom comptes et coffres des Schomberg ! Il était fou s'il s'imaginait pouvoir détrousser la fille de Hans Schomberg en toute impunité !

A Spandau, l'homme était toujours à l'isolement. Ses gardiens ne lui adressaient toujours pas la parole. Une semaine des Américains, une semaine des Anglais, une semaine des Russes, une semaine des Français. Il s'était demandé de quelle nationalité serait celui acheté en premier. Les caisses noires et les trésors du Reich étaient trop bien cachés pour qu'il n'en reste pas quelque chose.

Tous ne pouvaient avoir été découverts et Hans Schomberg n'ignorait pas qu'ils étaient encore nombreux dehors à connaître les emplacements où ils étaient dissimulés.

Il avait pensé qu'un Russe céderait le premier à la tentation. Les Slaves étaient si méprisables ! Ou un Français. Les Français étaient si frivoles ! Surprise, ce fut un Américain.

Le premier gardien russe approché avait tout bonnement abattu à bout portant le nazi qu'il vomissait. Il avait été parmi les premiers à découvrir les camps de la mort et leurs misérables survivants. Des nazis, il en avait déjà descendu pas mal et il s'en enorgueillissait.

Après avoir accepté son rendez-vous, le Français avait contacté sur-le-champ le louche individu qui l'avait approché, lequel était tombé le lendemain dans un traquenard.

Jim Spade avait dix-neuf ans. Jeune recrue de Boulder, Colorado, il avait été envoyé tout droit rejoindre les forces d'occupation américaines en Allemagne. Avec une équipe de bleus comme lui, il avait pris la relève d'hommes mûris par le débarquement en Normandie, les campagnes de France, d'Italie et des Ardennes, qui, démobilisés, avaient bien gagné le droit de retourner au pays. Jim n'avait pas connu l'intensité des combats. Il ne s'était jamais beaucoup intéressé à la politique, n'avait que vaguement entendu parler des camps. Il n'avait jamais rencontré de juifs. En revanche, malgré les interdits concernant une trop grande fraternisation avec l'habitant, il fréquentait une gentille Greta qui l'avait même invité chez ses parents, dans la banlieue de Berlin.

Comme la famille Spade, celle de Greta vivait dans un coquet pavillon, épargné par chance par les bombardements. Le père assurait avoir beaucoup souffert sur le front russe tandis que sa femme et sa fille avaient passé la guerre réfugiées à la campagne chez de lointains cousins. Jim se sentait plutôt proche de ces gens acharnés au travail. A chaque permission, il emmenait danser sa belle blonde dans des endroits où la police militaire fermait volontiers les yeux sur les entorses aux règlements sur la fraternisation. D'ailleurs, comment les responsables militaires auraient-ils pu empêcher une centaine de milliers de jeunes hommes, seuls et loin de chez eux, de s'amouracher de filles du cru ? Les autorités se montraient moins tolérantes quand un G.I. de base venait parler mariage. N'empêche, ils n'en seraient pas moins très nombreux à ramener leur Gretchen à la maison. En attendant, les gars leur offraient bas nylon, cigarettes et rations et il était parfois difficile de délimiter la frontière entre attachement sincère et prostitution. Mais de la respectabilité de Greta et des siens, Jim ne doutait pas.

Peut-être se fût-il méfié si le père Meyer lui avait proposé de l'argent. Mais le vieux était malin. Il ne chercha ni à corrompre, ni à endoctriner le naïf Américain. Il ne parla que de pitié, de compassion et de liens familiaux. Juste une lettre à faire passer à un prisonnier esseulé pour qu'il sache que, dehors, on ne l'oubliait pas.

Spade avait été sévèrement chapitré sur les rapports avec les captifs. Il demanda de quoi était coupable au juste cet Hans Schomberg dont le sort désolait tant le père Meyer. D'avoir fait rouler des trains. De s'être occupé de transports. De troupes et de civils aussi, c'était vrai. Mais les déplacements de population n'étaient-ils pas parfois indispensables en temps de guerre ? Même Greta et sa mère n'avaient réchappé que grâce au talent de stratège des chemins de fer de Hans Schomberg.

Vu ainsi, évidemment…

Il transmit sans une parole ni un regard de connivence, en même temps que le plateau d'un repas, la lettre où l'Organisation assurait le prisonnier de son soutien et s'enquérait de ses éventuels besoins. Etait inscrit aussi le mot de passe anodin, décidé pendant le crépuscule de la défaite en prévision de pareils recours que les responsables nazis savaient déjà inéluctables.

Rien pour lui, tout pour sa fille, répondit Schomberg. Inutile d'en donner l'adresse au cas où la lettre serait interceptée. Les autres connaissaient le refuge de Wanda et comprendraient que, si Schomberg réclamait leur aide, c'est parce qu'elle était en difficulté.

Ils le vengeraient des traîtrises du banquier.

L'Organisation fonctionnait parfaitement. Tout alla très vite. A peine plus d'une semaine plus tard, Herbert souriait à Wanda dans un café parisien.

Mission accomplie, annonça un nouveau message.

Jim Spade s'étonna que, soudain, Greta espaçât leurs rendez-vous.

Richard passa un bras tendre autour des épaules d'une Wanda pensive. Pourquoi était-elle si lointaine, tout à coup ? Qui était l'homme avec lequel la patronne du café l'avait vue partir ?

Un ami d'Oncle Otto. Il était entré par hasard. Elle avait été heureuse de retrouver quelqu'un de Zurich.

Pourquoi être allée ailleurs ? Lui aussi aurait été content de rencontrer quelqu'un qui avait connu Wanda petite.

Pour parler plus tranquillement. Elle avait préféré un tête-à-tête. Elle avait toutes sortes de questions familiales à poser. Tout ça aurait ennuyé Richard.

Pas du tout. Tout ce qui avait trait à Wanda l'intéressait. Pourquoi était-elle si jalouse de son passé. D'ailleurs, l'Oncle Otto et la Tante Ilse, il lui faudrait bien les présenter un jour ou l'autre. Pour sa part, lui était prêt à entreprendre le voyage de Zurich afin de faire leur connaissance dans les règles et de demander dûment sa main. C'était bien à ses plus proches parents qu'il fallait demander officiellement la main de l'orpheline, non ?

Elle haussa les épaules. Si Richard savait quel était le plus proche parent à qui s'adresser pour réclamer sa main, elle n'était pas encore convaincue qu'il s'y résolve jamais. Elle n'avait d'ailleurs pas envie de câlineries, ni de tendres bavardages, ce soir. Elle avait envie de se retrouver seule dans sa chambrette, de réfléchir à toutes ces surprenantes nouvelles, à cette rencontre inopinée mais qui de toute évidence ne devait rien au hasard, d'emmagasiner l'incroyable : du fond de sa geôle, son père veillait sur elle avec son service, une escouade d'assassins en puissance. En ce moment, il devait être sur sa paillasse, heureux d'avoir rempli ses devoirs de père, attendant ses baisers, sa reconnaissance et ses remerciements.

Blasberg avait payé. Mais à quel prix ? L'avaient-ils tué ? Certes, il l'avait spoliée mais au début, comme elle avait apprécié la chaleur de l'accueil de la famille zurichoise après les rigueurs et les souffrances de Berlin.

Et l'argent du malheur, qu'en faire ?

Elle était distante, elle était fatiguée, elle ne se sentait pas très bien. Richard reconnut le tremblement annonciateur des crises. Il ne comprenait pas. Il s'était figuré que se savoir aimée rassurerait une fois pour toutes la jeune fille.

Toujours ce satané secret comme une barrière entre eux.

Toujours ces douces lèvres closes et ce front entêté.

L'amour n'avait pas percé les défenses de Wanda.

D'ailleurs, elle l'écoutait à peine. Avant de faire des projets, vérifier les dires d'Herbert. Dès les enfants à l'école, l'après-midi, demain, à l'heure de ses prétendues heures de cours, elle se rendrait à la banque. En attendant, se calmer, surtout se calmer.

Pourquoi pas en compagnie de Richard ? Certes, elle aurait préféré être seule mais il était plus facile d'accepter sa présence que de le repousser. Elle était trop épuisée pour des explications. Demain, elle réfléchirait demain.

Le lendemain, Wanda n'eut pas une minute à elle.

Avant le dîner, Samuel convoqua solennellement la jeune fille dans la salle à manger. Quoi encore ? Mais Hélène était à ses côtés, amusée et détendue. Elle se rassura en prenant place sur l'une des chaises au dossier droit.

— Voilà, commença Samuel. Wanda tenait dorénavant dans la maison une place bien plus importante que celle de simple jeune fille au pair. Elle s'occupait très bien des enfants mais en plus, elle devenait indispensable à la bonne marche du magasin. Il n'était pas du genre à exploiter les gens. Est-ce qu'une augmentation de deux cents francs ferait l'affaire.

Wanda éclata de rire. Des millions étaient à sa disposition quelque part et elle battait des mains comme une enfant à l'idée qu'on apprécie suffisamment ses services pour lui proposer timidement une augmentation !

Evidemment, dit Hélène, il n'était pas question que Wanda renonce à ses cours. Les études d'abord. Mais puisque jusqu'ici elle était parvenue à tout mener si bien de front... Au moment des examens, on verrait.

Ni Hélène, ni Wanda n'évoquèrent Richard.

Wanda accepta joyeusement l'offre des Finkelstein. A table, il fallut calmer un David et un Benjamin très excités que leurs parents reconnaissent, comme eux, les mérites de leur grande amie.

— On retournera quand même ensemble se promener ? demanda timidement Benjamin.

— Bien sûr.

Elle les emmènerait toujours volontiers... Jusqu'à ce que les Finkelstein apprennent et la chassent.

— Ça ne va pas, Wanda ? demanda Simon, remarquant soudain son visage pâli et ses mains tremblantes.

— Elle est contente, c'est tout, dit David.

— Et puis, elle a faim. Tous ces bavardages nous ont retardés pour dîner. Avalez un peu de soupe, Wanda et vous vous sentirez tout de suite mieux.

Elle avala. Elle se réchauffa à l'ambiance d'amour qui régnait autour de cette table. Elle se sentit mieux.

7

Wanda rendait maintenant régulièrement visite au Dr Appelbaum. Elle trouvait dans ces rencontres, qui ne ressemblaient en rien à des séances d'analyse ordinaire, un certain réconfort. Mais surtout un lien étrange s'était noué entre eux. La jeune femme avait tout d'abord été intriguée, déroutée par le fait que le médecin ne se comportait pas du tout comme un psychiatre, n'avait pas l'attitude qu'on était en droit d'attendre d'un praticien des maladies mentales. Il n'avait pas essayé de fouiller son âme ni son passé, n'avait pas tenté de déceler son secret par la mise au jour de sens symboliques. Il s'était contenté de converser avec elle. En tout il agissait comme s'il ne cherchait qu'à gagner sa confiance. Etait-ce une ruse ou pensait-il vraiment qu'elle n'était pas folle ? Elle doutait de la réponse, mais dans le fond peu lui importait. Il était discret sur ce qui la blessait, et de cela elle lui savait gré. Et puis, quelque autre chose d'indéfinissable s'était glissé en elle au cours de leurs entrevues, un sentiment qu'elle évitait d'approfondir et qui la poussait non seulement à accepter mais à désirer ces consultations.

Ce jour-là, cependant, la situation se présentait sous d'autres auspices. Wanda se sentait mal à l'aise. Elle éprouvait depuis quelque temps, depuis que son passé avait surgi sous les traits de Wolfgang Herbert, une envie de fuir, non pas dans le néant comme le jour où elle avait rencontré Thierry Appelbaum pour la première fois, mais fuir ou partir vers d'autres lieux, un ailleurs inconnu où elle pourrait vivre délivrée des lacets du passé qui enserraient sa mémoire et l'étouffaient. Elle voulait s'éloigner de ces domaines où le mal lui semblait inscrit irrémédiablement, oui, partir et en compagnie de quelqu'un, d'une personne dont elle pressentait qu'elle pourrait un jour lui avouer l'entière vérité.

Tandis qu'elle songeait à ce voyage thérapeutique, le Dr Appelbaum, derrière son bureau, tout droit comme à son habitude mais peut-être un peu plus soucieux à cet instant qu'à l'ordinaire, comme sensible à l'impression de détresse que dégageait la jeune femme, le docteur donc poursuivait :

— Il faudra un jour que nous abordions votre passé. Comprenez-moi bien, je ne suis pas là pour le juger ou pour l'annuler. Mon rôle, mon devoir de médecin est tout autre et mon devoir d'homme, lui-même, me l'interdirait. Je suis ici, avec vous, pour vous aider, vous permettre de l'accepter et de vivre avec lui...

Wanda l'interrompit avant qu'il ne se lance dans des explications techniques comme il lui arrivait parfois.

— Voyez-vous, docteur, avec vous je pourrais parler durant des heures sans discontinuer. Jusqu'à présent j'avais le sentiment que nul ne pouvait rien pour moi, mais je commence à entrevoir la chose sous un autre angle. Cependant, pour ce qui est de mon passé je ne crois pas qu'il relève de vos compétences, il n'est pas, comment dire... personnel. Je ne veux pas dire pour autant que je n'en parlerai jamais, seulement il vous faut être patient. Le moment viendra certainement mais...

— Bien. (Le Dr Appelbaum n'aimait pas s'attarder sur une difficulté ni irriter une résistance chez un patient.) Dites-moi alors, que pensez-vous faire à présent, avez-vous des projets ?

Wanda ne sembla pas surprise de ce changement de conversation, on eût dit même qu'elle l'attendait et c'est avec un soupir de soulagement, comme si elle avait espéré la question depuis qu'elle s'était assise face à Thierry, qu'elle répondit.

— Des projets ! Non, plutôt un désir, un souhait ou un besoin, appelons ça comme vous voulez. Je vais vous en parler si cela vous intéresse, mais avant d'y venir laissez-moi vous interroger à mon tour. Si vous deviez quitter Paris, quitter la France, où iriez-vous ?

Le psychiatre ne prit pas le temps de réfléchir.

— Partir, j'ai bien souvent été tenté de le faire, oui et c'est à un endroit bien précis, un pays tout particulier auquel je pense quand je rêve de partir, un pays très neuf et très ancien à la fois, un pays où tous les jours des miracles s'accomplissent, un pays dans lequel je ne me sentirai pas expatrié, où j'aurai plutôt l'impression de rentrer chez moi, certainement, j'ai souvent rêvé d'aller m'installer en Israël.

Wanda écoutait de toute son attention, mais Thierry Appelbaum semblait avoir oublié sa présence et, les yeux fixés sur un horizon lointain, monologuait.

— Mais il est bien difficile d'abandonner ses habitudes, poursuivait-il, sa famille, sa mère surtout, et la France. Car après tout la France est mon pays. De plus, j'ignore comment je pourrais conjuguer le fait d'être juif, français et israélien tout ensemble. Enfin, oui, je l'ignore, mais c'est peut-être tout simplement parce que je n'ai jamais essayé. Le devrais-je selon vous ?

— Oui. Si j'étais vous, juif comme vous, et utile aux hommes comme vous, je tenterais l'aventure.

— Ainsi vous désirez partir ? Serait-ce pour fuir quelque chose ou quelqu'un ?

— Comment le savez-vous ?

— Je ne le savais pas, du moins pas avant que vous ne le confirmiez.

Leur discussion s'arrêta là. Certes ils continuèrent de parler, mais de tout autre chose. Wanda, cependant, avait compris que Thierry n'était pas préparé au départ.

Et lorsqu'elle se retrouva dans la rue, à nouveau livrée à elle-même, elle laissa libre cours à ses réflexions teintées de tristesse. Son passé allait-il la hanter, gâcher sa vie jusqu'à son avenir ? Une jeune Allemande pouvait-elle, juste après cette guerre horrible, avoir des relations avec un psychiatre juif? Ce serait pourtant là un pied de nez à l'histoire et un achèvement de sa quête. Mais Richard alors, que lui dire, pouvait-elle lui avouer cet élan qui la portait vers son médecin? Et cet élan lui-même comment le définir, oserait-elle parler d'amour à son sujet? Elle était même incapable de dire quand il lui était né. Trop occupée d'elle-même lors de leur première rencontre, elle n'avait pas prêté grande attention à Thierry, tout juste avait-elle noté l'émotion dans sa voix et son regard lorsqu'il l'avait fait pénétrer dans son bureau. Le sentiment avait dû croître au fur et à mesure de leurs rencontres, grandir à chaque parole, chaque regard échangé, la persuadant toujours mieux de son attirance pour le jeune homme vêtu de clair qui se proposait de la sauver de ses démons. Si au moins elle pouvait tout effacer, se réveiller autre, riche d'une autre histoire, d'une autre enfance et d'un autre avenir, être issue d'un foyer normal, être libre, disponible! Mais tel n'était pas le cas, et il y avait Richard qu'elle ne voulait pas blesser. Car elle était ainsi faite, Wanda, elle ne voulait blesser personne, se sentait, à cause de la figure de son père qui se dressait devant elle comme un acte d'accusation, une obligation de ménager tout le monde, et surtout Richard, le premier à l'avoir accueillie, recueillie presque à sa descente du train. Et puis était-elle sûre de ses sentiments pour Thierry et pouvait-elle présumer de ceux du jeune médecin? Si elle se fourvoyait, si Thierry ne la prenait pas au sérieux, s'il allait lui rire au nez. Non, cela n'était pas possible, du moins pas ainsi. Thierry était un homme sensible, prévenant et, il l'avait suffisamment prouvé, il savait écouter. Non! Dans le pire des cas il la comprendrait et trouverait les mots pour lui répondre, même si ceux-ci devaient être durs et difficiles à entendre.

Et tout en marchant elle pensait à la famille Finkelstein, à la joie mêlée de souffrance qu'elle avait trouvée au 80, boulevard Barbès, à cette fortune exécrable qui lui était échue. Elle évoquait encore ce voyage qu'elle ne ferait probablement jamais, et entendait à nouveau la voix du Dr Appelbaum, son ton rêveur quand il parlait d'Israël, cette terre des miracles dont toute son histoire la séparait, d'où elle se sentait exclue mais qui seule contenait cette promesse de miracle dont elle avait tant besoin.

La banque Laffrais-Palmont présentait une façade cossue dans une rue discrète du seizième arrondissement. A l'intérieur, les comptoirs étaient d'acajou, le même bois lambrissait les murs, le sol était de marbre blanc veiné de roux. Deux jeunes et jolies femmes brunes, tailleur et chignon austère se tenaient aux guichets.

Wanda se dirigea hardiment vers l'une d'elles. Avec la morgue propre aux riches et qu'elle avait si bien observée durant son enfance, elle s'adressa à l'employée qui toisait déjà avec condescendance ses allures de gamine à peine majeure et son manteau sorti non pas de chez Dior mais de la boutique des Finkelstein.

Visiblement, ici, dans cette atmosphère feutrée, on ne traitait que d'affaires sérieuses. Le lieu ne ressemblait en rien à la succursale d'une banque nationalisée où Wanda avait souvent accompagné Hélène, venue déposer chèques et traites. Par contre, il lui rappelait beaucoup l'immeuble où officiait Oncle Otto à Zurich.

— J'ai un compte chez vous, lança-t-elle avec assurance à la femme guindée qui la dévisageait. Je voudrais savoir où j'en suis et aussi prendre quelque chose dans mon coffre.

— Vous avez le numéro ? Puis-je vous demander de me rappeler votre nom ? demanda l'autre, avec plus de respect.

A la banque Laffrais-Palmont, le personnel s'enorgueillissait de connaître chacun des clients par son nom. Jamais la préposée à l'accueil n'aurait oublié celui d'une si insolite cliente. Sans doute venait-elle pour la première fois. S'emparant du papier où étaient notées les indications réclamées, elle masqua sa curiosité derrière un épais fichier.

— Ah oui ! Très certainement. Votre chargé de gestion, M. Georges Perrin, va vous recevoir sur-le-champ.

Elle lui désigna un fauteuil de cuir près d'une table basse où s'entassaient, soigneusement pliées, des revues financières.

— Veuillez patienter un instant, je vous prie.

Wanda s'assit tout à son aise tandis que l'employée s'emparait d'un téléphone, prévenant sans doute ledit chargé de gestion de sa visite.

En effet, un homme encore jeune, aux allures dégingandées, lunettes à fine monture dorée sur le visage inexpressif, ne tarda pas à se présenter.

Il l'entraîna vers un autre fauteuil, dans un bureau feutré. Ici, les affaires ne se traitaient pas au guichet. Tout continuait à remémorer à Wanda les locaux d'Oncle Otto.

— Enchanté de faire votre connaissance, mademoiselle Schomberg.

Il feuilleta le dossier. Wanda Schomberg. Un compte bien garni mais à la banque Laffrais-Palmont, tous l'étaient. Ici, on ne s'intéressait pas aux petits montants et il fallait un dépôt important pour qu'on consente à s'occuper de vous. Dans les grandes maisons parisiennes et même partout, dans les grands hôtels internationaux, un chèque Laffrais-Palmont était synonyme de solide richesse.

Wanda Schomberg. Le vieux M. Laffrais s'était lui-même occupé de l'ouverture du compte et de la location du coffre. C'était rare qu'il s'intéresse encore lui-même à un client en particulier. Le cas n'était pas banal. La ravissante jeune personne en face de lui serait-elle un ultime caprice de vieillard et l'argent un legs prématuré ? Non. Il y avait là un virement d'une banque zurichoise. Perrin songea qu'il était rare que quelqu'un fasse venir de l'argent de Suisse alors qu'en cette période de constante dévaluation du franc, tant de gens cherchaient au contraire à abriter leurs revenus en Helvétie. Il s'abstint bien sûr d'en faire la remarque qui eût été du plus mauvais goût.

Wanda Schomberg. Le nom lui rappelait quelque chose. Ah oui ! Hans Schomberg, bien sûr ! Le spécialiste des trains de la mort, condamné à la détention à perpétuité par le tribunal de Nuremberg... Etait-ce sa fille qui se tenait devant lui, belle aryenne à la physionomie hautaine et inexpressive ? Encore une question à ne pas poser et même à oublier sur-le-champ. Schomberg était somme toute un nom répandu en milieux alémaniques, voire alsaciens. Pourtant, Perrin en était certain, son instinct de banquier le trompait rarement, c'était bien la fille du criminel de guerre qui était assise là. Voilà qui expliquerait pourquoi l'affaire s'était traitée à si haut niveau. Perrin n'ignorait pas que le vieux Laffrais n'avait échappé que grâce à des relations bien placées et à de l'argent intelligemment investi au bon moment dans la Résistance à un procès pour collaboration à la Libération.

Ici, avaient transité les fonds saisis dans des affaires juives. Ici, avaient sans aucun doute été blanchis des fonds nazis, à en croire d'étranges virements vers des destinations exotiques.

Perrin devinait que des gens parfaitement organisés tiraient des ficelles dans l'ombre. Il préférait n'en rien connaître précisément. Lui se contentait de gérer des fortunes sans se soucier de leur provenance. L'enquête la plus approfondie d'une brigade financière n'aurait rien trouvé de suspect dans ses dossiers. Sûrement pas non plus dans ceux de Laffrais, d'ailleurs. Le contenu des coffres-forts était secret comme partout, comme dans n'importe quelle succursale de quartier. A part qu'il émanait de Suisse, le virement Schomberg ne présentait rien de bizarre. Mlle Schomberg était de nationalité suisse, indiquait la fiche la concernant. Si elle choisissait de vivre à Paris, après tout, ça la regardait, qu'elle soit fille de criminel de guerre ou pas. Perrin s'étonna quand même qu'un homme capable de procurer une identité helvétique à sa famille n'en ait pas profité pour la faire changer de nom, même si celui-ci était commun. Si lui avait tiqué à l'appellation « Schomberg », d'autres en seraient tout aussi capables. Il ignorait qu'à l'époque où Blasberg s'en était chargé à grands frais, il avait préféré ne pas imposer une nouvelle identité à la toute jeune enfant qui lui était confiée. De surcroît, il s'était longtemps entêté à croire envers et contre tout en la victoire du Reich et s'était même vanté auprès de quelques connaissances choisies d'héberger la fille de Hans Schomberg. Ensuite, ça lui avait été égal et ils étaient trop nombreux, ceux à savoir qui était réellement Wanda. D'ailleurs, s'appeler Schomberg, ce n'était quand même pas comme se nommer Goering ou Kaltenbrunner !

Une voix claire résonna :

— Puis-je savoir à combien s'élève exactement mon compte ? Je voudrais aussi disposer au plus vite d'un chéquier.

— Bien sûr, mademoiselle.

Il nota une somme sur un papier qu'il lui tendit. Wanda l'examina. Les millions en dollars et livres sterling étaient ailleurs.

— Je voudrais aussi prendre quelque chose dans mon coffre, dit-elle.

Avant toute décision, il importait d'en inspecter au plus vite le contenu, de savoir de combien elle disposait exactement. Elle avait déjà une idée. Les papiers que lui avait remis Herbert répertoriaient chaque liasse de devises, donnaient une estimation de la valeur de chaque joyau afin d'éviter qu'un bijoutier sans scrupules profite de son ignorance au cas où elle aurait besoin de s'en séparer. L'Organisation avait veillé à tout et si elle avait choisi la banque Laffrais-Palmont, c'était assurément qu'elle s'était révélée digne de sa confiance.

Elle se demanda un instant si ce chargé de gestion en était membre. Non, pensa-t-elle aussitôt. Ces affaires-là se traitaient à un plus haut niveau.

Le chéquier l'attendait déjà, avec son nom et l'adresse du boulevard Barbès. Wanda ne put s'empêcher d'admirer la qualité du travail des hommes d'Herbert. Toujours la fameuse efficacité nazie malgré la défaite ! Elle demanda à retirer une petite somme pour s'assurer que tout fonctionnait bien et que l'argent était véritablement à sa disposition.

Perrin donna un ordre au téléphone. Quelques minutes plus tard, un caissier frappait discrètement à la porte. Le chargé de gestion compta et recompta les billets, les lui remit. Elle signa le reçu.

— Le coffre, rappela-t-elle.

— Tout de suite. Vous avez votre clé ?

Elle la sortit de son sac où elle l'avait rangée, avec les autres documents remis par Herbert. Perrin tira un trousseau de son bureau et la guida vers un escalier en tournevis.

En bas, il ouvrit une épaisse porte blindée qui lui en remémora une autre, très loin dans une ville en ruine. Une vaste salle était emplie de plaques de fer numérotées, aux doubles serrures.

Ils s'arrêtèrent devant celle correspondant aux chiffres de Wanda. La clé de Perrin déverrouillait une sécurité, celle de Wanda la seconde. Il le lui indiqua avant de se retirer, la laissant seule conformément à l'usage. Il l'attendrait derrière la porte blindée, puis reviendrait fermer quand la jeune fille en aurait fini.

— Merci, dit-elle.

Elle tira la plaque qui se révéla plus lourde qu'elle ne l'avait prévu. Des cambrioleurs en puissance auraient fort à faire ici. Aucune perceuse ne viendrait à bout d'un si épais métal. Il faudrait au moins une bonne charge de dynamite pour se frayer un chemin à l'intérieur de ces centaines de coffres.

Les liasses, les francs suisses, les dollars et les livres sterling, tout était bel et bien là. De petits sacs veloutés renfermaient joyaux et bijoux. Wanda s'émerveilla de la pureté d'un diamant, de l'éclat d'un rubis, de l'habile sertissage d'une bague. Les détrousseurs de cadavres avaient bien accompli leur ouvrage. Il y avait là un trésor, cadeau empoisonné et maudit. A moins que...

Soigneusement, elle remit tout en place et appela Perrin.

L'épaisse porte blindée se rabattit derrière eux. Bruits d'écrous.

Le chargé de gestion la raccompagna jusqu'au seuil de la banque, hésita à lui baiser la main, la serra.

— A bientôt, mademoiselle Schomberg, lança derrière eux la réceptionniste.

— A bientôt, répondit-elle.

La riche héritière rentra en métro, tout comme elle était venue. Tandis qu'elle ballottait sur la banquette de bois du compartiment de deuxième classe, elle était certaine d'avoir opté pour la bonne décision. Le plus difficile serait de la faire connaître.

Hélène avait pour tous bijoux une mince alliance en or, une bague en grenat provenant de sa mère, une petite montre en or au bracelet de cuir rouge façon croco, un mince bracelet d'or articulé. Rien de digne de figurer dans le trésor d'Hans Schomberg. Les articles de ce genre avaient sans doute été remis sans rechigner aux collectionneurs du Reich ou abandonnés en pourboires aux lanternes rouges des camps.

— Que regardez-vous ? demanda Hélène, tandis que

les deux femmes confectionnaient dans la cuisine des gâteaux secs pour le goûter des enfants.

— Votre bague, dit Wanda. Elle est très jolie.

Hélène rit.

— Elle n'a qu'une valeur toute sentimentale. Elle n'est pas ancienne. Elle est vieille. Mais j'y suis très attachée.

Une idée frappa alors la jeune fille. Avant de renoncer au contenu du coffre, elle chercherait d'abord s'il n'y avait pas là des objets ayant appartenu à sa propre mère. Ceux-là, elle les conserverait amoureusement. Eux n'étaient pas entachés de vilenie. Certains avaient été portés par des aïeules, d'autres acquis avant la tourmente. Une vision de sa mère choisissant soigneusement les parures qui accompagneraient le mieux ses longues robes de satin ou de mousseline, au temps heureux de la maison en pierre meulière, virevolta dans son esprit. La petite fille qu'elle avait été les avait tant admirés, aux oreilles, au cou, aux poignets de sa mère si jolie, si chérie et alors si gaie.

Ces bijoux-là lui revenaient de droit. Comme Hélène, elle avait droit à ses souvenirs, même si les siens avaient une valeur plus que sentimentale. De toute façon, si elle les retrouvait, elle ne s'en séparerait plus.

Effectuer un tri. Tout donner ensuite.

De sa mère, elle acceptait de tout cœur l'héritage, songea-t-elle, les larmes au bord des cils, découpant soigneusement dans la pâte ferme des cœurs, des croissants de lune, des étoiles, des ronds dentelés et des as de pique.

Elle retournerait à la banque Laffrais-Palmont. L'énigmatique Perrin attendrait le temps qu'il faudrait derrière sa porte blindée tandis qu'avidement, elle fouillerait. Comment n'y avait-elle pas aussitôt pensé ?

Elle disposait de bijoux bien à elle. Comment avait-elle pu, toute à sa honte, les abandonner sans broncher aux Blasberg ?

Maintenant que cette idée lui était venue, elle se prenait à haïr Oncle Otto et Tante Ilse qu'elle n'avait fait que mépriser jusqu'ici. Oui, l'Organisation avait raison de vouloir les châtier. Ils avaient bel et bien dépouillé une impuissante orpheline.

8

La vie suivait son cours ordinaire chez les Finkelstein. Wanda s'efforçait de paraître gaie mais cette fortune mal voulue, imposée, entachée du sang des suppliciés, avait accru son angoisse.

Elle portait à nouveau ses cheveux blonds nattés en chignon. Elle avait, un temps, laissé libre sa chevelure, mais à l'heure présente tout lui semblait devoir être tenté pour donner d'elle l'apparence la plus flatteuse, la mieux soignée. Par pudeur, la jeune fille dissimulait un corps affaibli sous d'amples vêtements qu'elle descendait chercher dans le magasin, quand le soir venu Samuel était sur le point de fermer. C'était son heure favorite, elle se sentait en harmonie avec ce moment et les rares clients eux-mêmes, qui s'attardaient, en percevaient et ressentaient la subtile différence. Une sorte de quiétude, des gestes alanguis par la fatigue ou la venue du crépuscule, favorisaient une rêverie étrange dans laquelle chacun avançait, incertain, entre le monde du jour et celui de la nuit. Cet instant quasi fantomatique lui convenait, et là Wanda prenait tout son temps et plus pour constituer sa garde-robe. Elle s'appliquait à la choisir de couleurs vives comme si cela pouvait contribuer à éclairer son visage et son âme.

Dans la maison, on la voyait vaquer aux occupations coutumières avec un entrain de commande qui ne trompait personne mais dont tous s'accommodaient, y percevant le signe d'un effort que la jeune fille faisait sur elle-même et l'assurance qu'ainsi la tentation d'une fugue désastreuse pour l'équilibre précaire qu'elle avait réussi à maintenir était comme annulée, éloignée sous l'effet de cette volonté farouche de sauver les apparences. Et puis Wanda s'occupait toujours des enfants dont l'innocence et l'amitié fervente l'apaisaient souvent et la terrifiaient parfois. Hélène et Samuel, eux, s'étaient encore rapprochés d'elle depuis sa dernière crise. Ils l'avaient fait avec délicatesse, mais la jeune femme avait décelé leurs intentions, celles de Samuel surtout qui, ayant découvert en elle des talents insoupçonnés de vendeuse et d'organisatrice, la réclamait de plus en plus souvent. Il avait, ce faisant, une idée derrière la tête que Wanda affectait d'ignorer ; il voulait, en l'occupant lui ôter du temps pour souffrir. Hélène, de son côté, plus subtile et secondée par l'intimité féminine qu'elle avait su instaurer avec Wanda, agissait par petites touches de tendresse imperceptibles mais appuyées, soutenues par une constante attention qui se traduisait aussi bien dans ses paroles que dans ses gestes.

Pourtant, malgré tout cela, malgré même Richard qu'elle fréquentait maintenant très assidûment, en dépit des visites chez le Dr Appelbaum et de l'ambiguïté de leur relation (de cela d'ailleurs elle allait devoir répondre, mais plus tard, plus tard…), Wanda ne cessait d'être hantée par cette figure du passé qui soudainement avait surgi devant elle dans ce café tandis qu'elle espérait la venue de Richard. Et lorsqu'elle attendait David et Benjamin devant l'école parmi les bruissements des feuillages et les rires d'enfants heureux et insouciants provenant de la cour, quand elle partageait les repas familiaux — ce qu'elle s'efforçait d'éviter au grand dam de tous — où chacun apportait un peu de la gaieté du jour et oubliait tout ce qui aurait pu porter ombrage à cette réunion autour de la table commune, à ces moments tout particulièrement elle ressentait combien sa situation était intenable, voyait danser devant ses yeux la joie pure et l'abomination mêlées, scène macabre qu'elle ne pouvait endurer.

La jeune fille n'osait plus entreprendre ses promenades solitaires au cours desquelles elle laissait errer son esprit avec complaisance, dans la crainte d'éveiller l'inquiétude chez ceux qui étaient devenus ses proches. Alors elle s'enfermait dans sa chambre basse sous mille prétextes divers, arguant surtout d'une fatigue, bien réelle mais souvent feinte en ces occasions. Nul son ne parvenait dans cette retraite, quelque chose comme un délaissement neutre cernait Wanda lorsqu'elle s'y réfugiait, dont elle pouvait tirer à son gré le soulagement ou la peine. A d'autres moments, quand elle avait épuisé les vertus du silence elle se jetait à corps perdu dans l'activité, se proposait pour toutes démarches lui permettant de sortir, voir des visages inconnus, indifférents, se glisser, se fondre dans l'affairement général, et elle accompagnait Hélène chaque fois qu'elle en avait la possibilité. C'est ainsi que, de loin en loin, elle avait pu croiser le Razen, quoique depuis bien longtemps elle ait cessé de le visiter comme elle avait accoutumé de le faire au début de son séjour. Or chaque fois qu'il la voyait, celui-ci la saluait d'un geste tout empreint de tristesse comme si, de tous, il avait été le seul à pressentir la vérité. Wanda en doutait d'ailleurs parfois. Un tel homme ne pouvait-il sonder les cœurs ? Et puis, mais c'était son secret, petit secret qu'elle était heureuse celui-là de garder, en mémoire du Razen elle s'était imposé comme un devoir, depuis la mémorable soirée où elle avait été conviée en sa présence, de nourrir tous les pigeons qui se bousculaient sur sa fenêtre. Elle avait bien été tentée, une fois, de venir le voir mais avait vite renoncé à son projet. Cet homme lui paraissait trop pur pour qu'on le souille, pour qu'elle le souille avec son histoire. Peut-être un jour, quand tout serait fini, pourrait-elle retourner dans la synagogue où elle avait fait sa connaissance ? Mais il lui fallait encore traverser des épreuves. C'est ainsi que s'écoulait le temps de la jeune fille.

Un matin, cependant, elle commença à ressentir des symptômes inquiétants. Elle avait, la veille, terminé l'inventaire macabre, avait mis à part le coffret contenant les bijoux de sa mère. S'en revenant chez les Finkelstein elle avait ressenti un vide étrange, comme si tout était consommé, comme si elle avait atteint et rempli l'ultime mesure de ses forces, irrémédiablement. Et elle s'était éveillée, la gorge sèche, le cœur serré, le teint pâle, et elle avait senti renaître l'angoisse qui l'avait saisie et entraînée jusqu'au Vélodrome d'Hiver en cette nuit tragique. La venue d'Herbert, le legs de son père avaient brisé le délicat équilibre que son entourage, ceux du moins qui l'étaient devenus depuis qu'elle était entrée chez les Finkelstein comme jeune fille au pair, avaient réussi à instaurer. Depuis lors, la jeune femme avait à nouveau éprouvé l'impossibilité de vivre parmi ces gens dans le mensonge, elle s'était à nouveau sentie incapable d'endurer son secret. Mais décidée cette fois à résister à l'abîme, ne voulant pas sombrer elle n'attendit pas que les signes se précisent, que la limite de sa résistance fût atteinte.

Elle se précipita chez le jeune psychiatre en espérant trouver secours auprès de lui. Ce faisant, elle n'imaginait pas ce qui allait se passer.

C'est sans se faire annoncer ni même s'assurer que le médecin n'était pas en consultation qu'elle pénétra dans son bureau. Fort heureusement celui-ci était disponible, et tandis qu'il se levait pour l'accueillir, inquiet de l'agitation qu'elle manifestait, elle lui jeta à brûle-pourpoint.

— Thierry... il faut que je vous parle.

Celui-ci comprit immédiatement. C'était la première fois qu'elle l'appelait Thierry et il en fut troublé mais avant tout il devait se préparer à l'entendre, s'appliquer à l'écouter, car il savait que le moment était enfin venu, que Wanda allait enfin se confier et qu'il pourrait commencer à entreprendre sa guérison.

— Allongez-vous, murmura-t-il, ici sur le divan.

Et Wanda accepta, sans y prendre garde, ce qu'elle avait toujours évité.

— Il faut que je vous parle maintenant, il le faut, après je n'en aurai plus le courage, ni la force.

Oui, lui parler, mais comment débuter son récit ? Dans sa frayeur et sa précipitation elle avait omis de préparer son discours.

— Par où commencer ? se lamenta-t-elle à haute voix.

— Par le début, tout simplement, par votre enfance.

Il y avait une vaste demeure en pierre meulière, entourée d'un grand et beau jardin fleuri. Dans le salon on allumait, l'hiver, des feux de bois et ma mère écoutait des disques de Gershwin. Nous étions à l'écart du centre ville, si paisibles mais pas isolés...

— De quelle ville ? interrompit Thierry.

Pendant une seconde qui dura des siècles le regard bleu voilé de larmes se déroba, la tête blonde s'affaissa, et le médecin ne vit que de fins cheveux balayant un chemisier de soie.

— Quelle ville ? insista-t-il.

Dans un souffle Wanda lâcha le mot qui la brûlait.

— Berlin.

Puis elle s'effondra. Le Dr Appelbaum tendit la main presque mécaniquement, saisit son menton humide de larmes pour la contraindre le plus tendrement possible à relever la tête et à poursuivre son récit. La révélation l'atterrait mais il fallait que la jeune femme continue, dise tout ce qu'elle devait dire, il devait l'entendre, coûte que coûte.

Sous l'effet de la pression de cette main Wanda se redressa et alors un flot de paroles jaillit de sa bouche. Par moments il avait envie de la prendre dans ses bras, de la rassurer, de la consoler, surtout lorsqu'un sanglot venait interrompre sa triste et pauvre histoire. Mais il savait qu'il ne fallait pas le faire, que leur relation ne devait pas déborder le cadre de l'analyse. Elle devait se libérer par la parole et il apprit tout.

La petite fille protégée qui se promenait dans le parc sous l'attentive surveillance de Mademoiselle. La mère si douce, si belle, les soirées merveilleuses. Puis le cauchemar, les uniformes qui envahissent l'horizon de l'adolescente. Le bonheur brisé comme le disque de Gershwin et le frère disparu qui ne laissait derrière lui qu'une croix de fer devenue inutile et désormais dissimulée dans la doublure d'un sac. Les suicidés du parc. La maison de pierre meulière détruite et, sous les décombres, la mère adorée. Puis une petite fille envoyée en Suisse dans une famille qui allait devenir hostile.

Et enfin le plus difficile à avouer, la chose terrible qu'elle revivait chaque nuit : le jugement de Nurem-berg. Et de là l'homme à l'isolement et elle, sa seule parente, sa seule visiteuse. Elle, la fille du brillant organisateur des convois de la mort qui, tour à tour, haïssait le nazi en l'homme et s'apitoyait sur le sort du prisonnier à vie qui refusait d'expier. Hans Schomberg, elle était la fille de Hans Schomberg. Puis le flot se tarit et Thierry resta silencieux. Ainsi ces fugues étaient des voyages à Spandau !

Mais il n'avait pas tout saisi. Elle devait encore lui expliquer certains points.

— Pourquoi êtes-vous venue à Paris, pourquoi avez-vous choisi d'entrer dans une famille juive, pourquoi les Finkelstein ? lui demanda-t-il doucement.

Nuremberg. L'adolescente affolée, foudroyée, y avait découvert le mal absolu. Aussi avait-elle voulu comprendre, savoir qui étaient ces juifs au massacre desquels son père avait contribué. Maintenant elle savait, elle les aimait, oui, une famille juive l'avait, sans savoir rien sur elle, sans aucune méfiance, accueillie et choyée et elle devait leur taire ses origines, leur dissimuler d'où elle venait, ses affres, et elle avait peur de leur parler, peur qu'ils n'apprennent un jour la vérité.

Wanda se tut et Thierry se mit à parler, à habiter, plutôt, le sombre silence qui s'était installé.

— Vous avez certes le droit de juger votre père et le devoir de haïr le mal qu'il incarne mais vous ne pouvez pas, vous seule, dénouer ce qui fut. Ce que votre père a fait vous dépasse. Cela ne vous appartient pas. On ne peut être éternellement prisonnier de son passé. Les choses passent, tout devient et change, mais nous, nous devons vivre, et vous tout particulièrement. Il nous est interdit de renoncer, nous devons vivre pour que cela ne revienne pas, pour faire mentir le proverbe qui prétend que l'histoire n'est qu'un éternel retour. Il ne faut pas oublier le chaos mais il ne faut pas l'entretenir dans son cœur. Se laisser envahir par lui et par lui seul, c'est encore le subir, lui laisser faire son œuvre de destruction. Il nous est donné à nous qui sommes porteurs d'avenir, de lutter contre lui, mais non point tournés vers le passé seulement, nous ne pouvons agir que d'une seule manière : en lui étant contraires, en instaurant la vie là où il apportait la mort.

Wanda regardait le psychiatre. Ses paroles la réconfortaient mais elle ne parvenait pas à y trouver l'apaisement, la sérénité qu'elle était venue chercher. Ou plutôt, dut-elle s'avouer, le soulagement qu'elle avait éprouvé en disant tout d'elle-même, en se dévoilant, lui laissait un goût d'inachèvement. Elle avait parlé certes, enfin, cependant quelque chose restait à dire de bien différent, mais était-ce si différent ? de plus personnel, de vraiment personnel cette fois. Oui, elle ne pouvait garder par-devers elle ce sentiment qu'elle cernait mal mais qu'elle devait formuler, dire pour savoir…

Les larmes qui emplissaient ses yeux leur donnaient un éclat inhabituel, mais elle baissa la tête pour ne pas voir le jeune homme lorsqu'elle reprit la parole.

— Je n'ai pas tout à fait fini. Il faut encore que je vous avoue une chose. Malgré tout cela ou grâce à tout cela, je ne sais plus, je me sens attirée par un juif. Je ne sais pas s'il en est de même pour lui. Elle fit une pause, puis, d'une voix éteinte, laissa tomber, voilà, vous savez tout ! Que puis-je vous dire d'autre ? Que je souffre, ce serait presque du chantage. Je me refuse à vous le dire… Vous comprenez, n'est-ce pas ?

Thierry Appelbaum ne répondit pas et Wanda reprit, plus bas encore.

— Il fallait que je vous le dise. Je ne pouvais pas le taire, je ne pouvais garder tout ça pour moi. Et puis c'est un peu votre faute. C'est vous qui m'avez convaincue que je pouvais tout vous dire, qu'il fallait tout vous dire. C'est fait maintenant, et je me sens mieux, presque libérée quoique, en même temps, je redoute votre réaction.

Elle attendit la réponse du médecin avec une émotion contenue. Elle avait tout raconté, tout dit, même ce dont elle n'avait pas la certitude, elle avait abaissé son orgueil, négligé son éducation et qu'allait-il en résulter ? Elle sentait sous son chemisier trop léger sa poitrine se gonfler et son cœur palpiter.

Thierry la prit alors dans ses bras et un instant elle put croire… mais il la relâcha aussitôt et elle lut dans ses yeux le remords de ce geste inconsidéré. Il se repentait de n'avoir pas respecté la règle, s'être laissé prendre au jeu. Pourtant ses regards, sa façon de lui prendre la main

143

lorsqu'elle avait paru en difficulté, lorsqu'elle avait cherché les mots pour avouer, sa trop tendre sollicitude l'avaient incitée à aller plus loin, malgré l'image de Richard qui resurgissait sans cesse et contre laquelle elle se défendait. Mais maintenant l'attitude de Thierry, son mouvement de recul, la laissaient désertée.

Le jeune médecin de son côté pensait à sa patiente qui lui échappait au moment même où elle se donnait, et justement parce qu'elle se donnait, se livrait trop à plein. Il lui fallait parler, s'expliquer, lever les ambiguïtés qu'il avait contribué à faire naître. Il se devait, à lui comme à elle, de l'éloigner et, puisqu'il lui était devenu impossible, après ce dernier aveu, de mettre en œuvre ce qu'il avait projeté à son sujet, il se devait encore de lui montrer une voie, un chemin qu'elle pourrait prendre.

— Ecoutez, je crois que nous avons tort de tout mélanger. C'est vrai, je ne peux pas le nier, je suis sensible à votre charme. Mais il y a une chose qu'il vous faut comprendre. Je ne dois pas tenir compte de mes sentiments lors d'une analyse, je ne dois pas les laisser interférer. Si je le faisais, je cesserais d'être médecin. Quant au reste, à la part privée de mon existence, c'est une tout autre question qui ne peut être démêlée entre vous et moi seulement. Car il faut que vous sachiez ceci avant de continuer à parler : je suis fiancé.

Ayant dit cela il se sentit obligé de préciser.

— Il est écrit dans le Talmud qu'un homme doit accomplir trois choses essentielles dans le déroulement de sa vie : se marier et avoir des enfants, bâtir sa propre maison et faire une *mitsva*, une bonne action, c'est-à-dire apporter le bonheur autour de soi. Vous avez probablement croisé une jeune fille en venant ici ces derniers temps. Eh bien cette jeune fille m'est promise depuis toujours, ses parents et les miens viennent du même village, du même *stheïtl*, et elle m'est *bashert*, destinée. Et cela je ne puis le défaire. Je suis même heureux ainsi et je souhaite que vous aussi puissiez trouver votre *bashert*. Il existe, soyez-en certaine, il est là, quelque part, qui vous attend. Vous n'avez pas le droit d'en douter.

Wanda dans la rue. Allégement. Wanda dans la rue. La jeune fille n'aurait certes pu prétendre que toutes choses étaient belles, son père un homme juste ni son passé justifié, mais elle sentait qu'à l'avenir, proche avenir et là déjà, elle pourrait avancer dans l'existence d'un meilleur pas.

Elle avait enfin acquis la pleine certitude d'elle-même, ne doutait plus, avait compris qu'elle n'avait jamais douté de qui lui était *destiné*…

Elle avait omis de parler du legs ! Elle soupçonnait qu'un autre chemin, d'autres personnes l'aideraient à en trouver l'emploi.

Wanda dans la rue. Elle marchait, secouée d'un léger tremblement ; d'allégresse contenue.

9

C'était une période de solde, et ceux-ci avaient marché merveilleusement. Le magasin de Samuel, déjà fort animé en temps ordinaire, n'avait pas désempli durant quinze jours. Et dans l'agitation suscitée par cet événement heureux Wanda avait cessé d'hésiter. Ce soir même, elle se confierait à Richard.

Elle le convaincrait. Elle n'était pas responsable des erreurs de son père. Le sang maudit qui coulait dans ses veines était contrebalancé par celui, si bon, de sa mère chérie.

Elle lui dirait tout. Quand, à quel moment ? A table, dans un restaurant qu'elle choisirait tamisé.

Et le plus vite possible.

Toute à sa confiance recouvrée, elle avait hâte de se retrouver en tête à tête avec lui.

Il fallut boire d'abord le traditionnel petit verre qui, pour Samuel, concrétisait toutes les victoires. Il fallut ensuite éluder l'invitation à dîner d'Hélène que Richard aurait volontiers acceptée. Il trouvait ces gens sympathiques, aurait eu plaisir à s'attabler avec eux.

Comme elle persistait à vouloir dîner dehors, annonçant même qu'elle avait déjà retenu une table dans un de leurs endroits favoris, il proposa d'emmener Simon — le commis préposé aux retouches qui avait bien mérité lui aussi une sortie. Par chance, Simon annonça que, désolé, il était déjà pris par ailleurs.

Bon, sinon ce soir, pourquoi pas la semaine prochaine ? Hélène convint d'une date pour un dîner où on mettrait les petits plats dans les grands, avec Richard et Wanda. Tous ensemble, on fêterait cet heureux événement.

— A la vie, proposa une dernière fois Samuel.

— A la vie, approuva Richard.

Encore un verre et enfin, ils étaient seuls et dehors.

— Pourquoi ne m'avais-tu pas prévenu que tu avais réservé chez la Mère Paulin ? demanda-t-il. Ça m'aurait évité d'avoir l'air idiot tout à l'heure.

— J'ai oublié, dit-elle, se nichant contre son épaule. Ce matin, j'ai téléphoné pour la table. Ensuite, on a été tellement pris que je n'ai plus pensé à t'en parler. Je n'imaginais pas que Mme Finkelstein nous prierait de rester. Inviter des gens à l'improviste, ce n'est pas dans ses habitudes. Elle aime bien réfléchir et préparer ses dîners à l'avance. C'est mieux comme ça.

— Comme tu voudras, mon cœur. Moi, du moment que tu es contente, tout m'est égal.

Il profita d'un feu rouge pour lui effleurer les lèvres et elle se blottit de plus belle contre lui.

146

A présent elle se trouvait face à Richard, dans le restaurant de Mme Paulin, partagée entre un certain sentiment de trahison qui s'estompait de minute en minute et celui mieux venu de la plus juste joie. Cependant, l'allégresse du garçon assis de l'autre côté de la table lui rappelait le jour où celui-ci l'avait invitée place du Tertre, dans cet endroit magique et hors du temps, que les peintres envahissaient en toutes saisons. Cela avait été leur première vraie sortie ou plutôt, devrait-on dire, leur premier vrai dîner en tête à tête. A l'époque elle ne connaissait encore de Paris que le haut du boulevard Barbès, le trajet qu'elle empruntait quotidiennement pour aller chercher les enfants et quelques autres lieux qu'elle n'avait fait que traverser sans jamais s'y attarder. La suavité du temps ce soir-là, l'air doucement tiédi par le soleil du jour, la luminosité rose clair du couchant, tout concourait à son ravissement. Richard lui avait fait découvrir le quartier qui dévalait en pente douce la butte Montmartre. Ils avaient déambulé, elle appuyée sur son épaule, parmi les rues pentues et vallonnées, bordées de demeures si bien couvertes de lierre qu'elles disparaissaient sous la verdure. Il lui avait montré les coteaux de Montmartre, les maisonnettes aux jardins clos et elle s'était imprégnée de la paix merveilleuse de ce coin de campagne dans Paris, se surprenant même une fois, au détour d'une ruelle, à chercher la rivière que cet enchantement promettait. Ici, tout comme l'air qu'une ondée de chaleur avait purifié, les sons semblaient plus clairs, et c'est accompagnés des senteurs d'un lilas suspendu qu'ils s'étaient présentés devant l'entrée de la Crémaillère. Il s'agissait en fait, avec cet établissement, de la dernière guinguette de la Commune Libre de Montmartre. Un orchestre désuet, dont le pianiste n'avait pas pu ou voulu accorder le piano, jouait des airs dansants.

Ils s'étaient attablés et Richard avait commandé du vin pétillant :

— La légère ivresse que ces bulles occasionnent, avait-il expliqué, il n'y a rien de mieux pour faire briller les yeux d'une femme ; on y voit alors scintiller des milliers d'étoiles.

— Méfiez-vous, ce sont peut-être des étoiles filantes.

— Quelle importance, ce sont les plus belles.

Puis, il l'avait entraînée sur la piste. Et là, pour la première fois depuis son arrivée à Paris, et même plus avant dans ses souvenirs, elle s'était sentie libre, délivrée de toutes contraintes et, l'espace d'une danse, heureuse. Elle avait longuement goûté la tendre sécurité que la présence de Richard lui procurait, s'était détendue, relâchée. Elle était même parvenue à oublier, à s'oublier durant tout le temps qu'avait duré cette si belle soirée.

Mais maintenant il en allait tout autrement. Il n'était plus question d'oubli. Les choses s'étaient dénouées, ses relations avec le Dr Appelbaum clarifiées, elle avait réussi à parler, à conter son histoire et livrer son secret. Un psychiatre juif n'avait-il pas libéré des monstres qui la hantaient la fille d'un général S.S., lui permettant de reprendre goût à l'existence ? Et elle n'éprouvait plus ni crainte ni appréhension. La suite à donner aux événements lui paraissait même aisée à décider. Tout d'abord il fallait mettre Richard dans la confidence, avouer à nouveau. Mais cette fois ce serait plus facile, elle ne doutait pas des sentiments de Richard à son égard et, après l'épreuve de l'ultime analyse, avait pris l'exacte mesure de l'affection qui l'unissait au jeune homme. Elle savait maintenant qu'elle avait confondu la confiance et la confession avec l'amour, le Dr Appelbaum le lui avait fait comprendre avec ménagements, et même s'il subsistait une ambiguïté entre eux, c'était une tendre mémoire qui ne l'encombrait pas.

Alors elle se décida et, reprenant les mots mêmes de son premier aveu, commença.

— Richard, il faut… il faut que je te parle.

En un instant, il fut envahi de joie. Wanda allait enfin se confier. Délivrée, ensuite, elle serait à jamais guérie et, ensemble, ils pourraient entamer une vie heureuse.

— Ici ? demanda-t-il pourtant.

Il ignorait ce qu'elle allait révéler, celle qu'il aimait sans vraiment la connaître. Il redoutait qu'un malaise, une autre crise, ne troublent et n'interrompent ses confidences. Il aurait préféré qu'elle se livre chez lui, là où il pourrait en cas de besoin intervenir et l'apaiser sans craindre d'ameuter la foule.

— Ici. Maintenant, fit-elle.

La Mère Paulin apporta en plaisantant les côtes d'agneau et s'éloigna rapidement. Elle savait sa clientèle surtout en quête de calme et toujours soucieuse de ne pas être dérangée. Si ces jeunes gens souhaitaient ensuite des desserts, ils l'appelleraient.

— Bon conseil, approuva Richard.

Mais Wanda avait posé couteau et fourchette, et contemplait le plat sans le voir.

Alors elle raconta, redit tout ce qu'elle avait dit à son médecin, mais avec ordre, cohérence et presque joyeusement. Elle omit simplement la dernière partie de l'entrevue, mais pour le reste s'efforça d'être le plus exacte. Lorsqu'elle aborda la question des Finkelstein, Richard, qui l'avait écoutée jusque-là sans l'interrompre, la coupa.

— Mais pourquoi le leur dire ? demanda-t-il. A présent que tu m'as parlé, nous pourrons être deux à partager ton secret. Ils ont déjà tous quatre tant souffert. Pourquoi leur imposer de nouvelles douleurs ?

Elle comprit alors que Richard l'acceptait telle qu'elle était, fille de monstre, et d'un élan, se précipita dans ses bras.

Elle n'avait pas le choix pourtant. Sereine à présent, elle parla alors du trésor de Hans Schomberg. Il avait été pris aux juifs. Sa mission était de le rendre aux juifs. Les Finkelstein sauraient comment purifier le butin maudit.

— A moi, il me fait horreur, dit-elle encore, la chevelure en bataille.

A ce moment, il l'aima avec une telle force qu'il craignit un instant que ce ne soit son propre cœur qui ne lâche. L'innocente voulait expier pour les coupables.

— On ne peut pas racheter ce qui n'est pas rachetable, fit-elle d'une toute petite voix. On ne peut que faire de son mieux.

Qu'ajouter à cela ?

Lorsqu'ils furent dehors il serra Wanda contre lui. Dans ses bras la jeune fille ne tremblait plus. Plus jamais, elle ne tremblerait. Il se le jura.

Quand elle parlerait aux Finkelstein, il serait là. Quand elle se rendrait à Spandau, il serait là aussi. Fini les mystères et les cachotteries. Désormais, ils étaient deux et ils n'étaient qu'un.

La tête lui tourna de bonheur quand il étreignit le corps gracile de l'adorable fille de Hans Schomberg.

— Heureusement qu'ils ont tous refusé de rester, dit Hélène, en ouvrant son réfrigérateur. Il ne nous reste qu'un fond de soupe aux légumes, un demi-rôti de veau et un peu de fromage. Pas de quoi nourrir sept personnes !

— J'aurais acheté des œufs chez le crémier du coin. On aurait fait une grande omelette et ç'aurait été très bien, fit David en mâchant un quignon de pain.

Samuel leva les yeux au ciel.

— Ma parole, ce n'est plus une maison ici. C'est un kolkhoze. C'est un kibboutz. L'apprenti joue les stylistes, tu n'as pas remarqué, Hélène, la façon dont il regarde ses retouches, la fille au pair qui devient vendeuse de premier ordre et maintenant, mon fils veut faire des courses à l'heure des devoirs. Un kibboutz, je vous assure. Pas de tâche particulière pour personne. Tout le monde fait tout à tour de rôle. Un de ces jours, on organisera la répartition générale des bénéfices.

— Nous compris ? interrogea Benjamin.

— A condition que tu ranges régulièrement ta chambre, dit sa mère. Après tout, tu essuies déjà souvent la vaisselle.

— Je retourne aussi les ceintures et David les repasse. On participe, non ?

— Et comment on l'appellera notre kibboutz ? demanda son frère, que l'idée enchantait.

— Finkelstein, déclara très sérieusement son père. Kibboutz Finkelstein. Ce ne sera que juste, après tout c'est nous qui l'avons créé.

— Sept membres déjà, il y en a qui ont démarré avec moins que ça, remarqua David.

— Huit, t'oublies Richard, corrigea son cadet.

— Ah ouais ! Un médecin, c'est drôlement important pour une collectivité.

— Et on commence quand ? dit David.

— C'est déjà commencé, constata sombrement le chef de famille. Tout le monde n'en fait déjà qu'à sa tête dans cette maison.

Chacun se récria. Pas du tout. Chacun se rendait utile de son mieux. Lui-même venait de l'admettre. Et tout le monde le reconnaissait pour patron.

— Secrétaire général du kibboutz, rectifia Samuel.

— En tout cas, t'es le chef.

— Encore une chance !

Il bougonnait, mais il était content de son petit monde, Samuel Finkelstein. Une épouse, bonne, belle et capable. Deux gosses qui apprenaient bien et rendaient service à la maison et au magasin. Wanda, devenue peu à peu indispensable, que les enfants considéraient comme une grande sœur et lui et sa femme un peu comme leur nièce…

Les enfants couchés, en lui servant un verre de thé, Hélène remarqua :

— Il risque de perdre rapidement quelques membres, ton kibboutz.

— Je ne crois pas.

— Si Wanda épouse Richard…

— Elle restera toujours Wanda.

Richard Fabre étudiait les papiers que lui avait remis Wanda avec le même soin qu'il mettait à apprendre par cœur leçons d'anatomie et de pathologie. Elle lui avait expliqué pour les comptes nazis bloqués. Il avait beau y réfléchir et réfléchir encore, jamais l'Organisation n'aurait pris le risque d'expédier officiellement un virement illégal. Le trésor du coffre était sans aucun doute un butin. Mais l'argent du compte n'avait sûrement, lui, rien à voir avec les pillages du Reich.

Wanda lui avait remis en vrac les documents que lui avait donnés cet Herbert, se contentant seulement de se rendre à la banque Laffrais-Palmont vérifier que l'homme avait dit vrai. Mais elle ne les avait pas lus un par un, comme il le faisait à présent.

— Qui est-ce, Paltenkirsch ? demanda-t-il à son amie qui lisait du Stendhal, lovée sur le canapé et se désintéressant de son décorticage.

Elle releva brusquement la tête, le regard brillant.

— Paltenkirsch !

C'était le nom de jeune fille de sa mère.

— Il y a là tout un tas de relevés aux noms de Eva et Peter Paltenkirsch, puis de Marlène Paltenkirsch.

Ses grands-parents, sa mère…

— Je sais ce qu'il est advenu de ta mère, mais tes grands-parents, qui étaient-ils ?

C'étaient eux qui avaient été victimes de l'accident de

voiture que contait si bien Wanda. Elle les avait adorés. Mutti avait une poitrine épaisse contre laquelle il faisait bon se blottir pour consoler ses chagrins d'enfant. Grand-père était un passionné d'automobiles. Il en possédait toute une écurie. Des Bugatti, des Panhard, une Rolls… Il avait créé une usine d'accessoires automobiles, machins pour les freins et autres, qui était rapidement devenue florissante. Il avait été l'un des principaux sous-traitants de Mercedes-Benz. Ils étaient encore dans la force de l'âge quand le mauvais sort les avait fait croiser en pleine vitesse un chauffard ivre sur une route en lacet du Tyrol italien. Wanda avait longtemps pleuré. A présent, elle pensait que c'était une belle mort. En tout cas, le destin leur avait épargné de connaître les méfaits du nazisme, la guerre, les bombardements, de voir périr leur fille unique et leur unique petit-fils, d'ignorer les ignominies d'un gendre qu'ils avaient toujours respecté et qui, sans Hitler, le serait sans doute resté, respectable.

— Fille unique ?

— Oui.

— Du côté de ton père, tu avais de la famille ?

En épousant Marlène Paltenkirsch, Hans Schomberg avait gravi d'un coup plusieurs échelons dans l'échelle sociale. Il avait rompu avec les siens et n'en parlait jamais, comme s'il en avait honte. Jamais elle n'avait vu d'oncles, de tantes ou de cousins dans la maison de pierre meulière. S'il y en avait, si certains avaient survécu à la guerre, elle l'ignorait. Wanda ne connaissait qu'un seul Schomberg et ça lui suffisait grandement. D'ailleurs, son père et l'Organisation ne s'étaient souciés que d'elle.

Richard l'écoutait, scrutant toujours.

Il découvrit un épais document rédigé en allemand, en caractères gothiques de surcroît !

— Viens voir !

Elle secoua la tête. Elle refusait de connaître les détails de ces malversations.

Il insista :

— Encore un peu de courage ! C'est en allemand, avec plein de termes compliqués et je n'y comprends rien.

A contrecœur, elle s'approcha et se pencha au-dessus de lui. Aussitôt, elle sursauta.

— Le testament de ma mère ! s'écria-t-elle, en s'emparant du cahier.

La fille d'Eva et de Peter Paltenkirsch avait été la seule héritière en 1936 des biens de ses parents, à l'exception de quelques legs à des organisations charitables et à de vieux domestiques. Elle avait aussitôt rédigé à son tour un texte, visé par-devant notaire, les répartissant à égalité entre ses deux enfants. A la disparition de son fils, elle l'avait modifié, instituant Wanda seule légataire. Sur plusieurs feuillets, étaient précisées les sommes en liquide, les actions et obligations y afférant.

Richard calcula, compara avec les relevés de la banque Laffrais-Palmont. Il ne s'était pas trompé. L'Organisation non plus. Rien d'entaché là-dedans. Tout était parfaitement légal. Cet argent était entièrement propriété de Wanda.

Sa fiancée était riche ! Pas millionnaire, certes, mais fort aisée.

Elle ne voulut d'abord rien savoir. Il la chapitra. Un jour, lui aussi hériterait sans honte de ses parents et leurs enfants, à leur tour, hériteraient des fruits de leur labeur. Chaque génération apportait sa pierre. Grand-père Paltenkirsch s'était échiné pour mettre les siens à l'abri du besoin. Il avait mis les mains dans le cambouis, il avait donné du travail à une centaine d'ouvriers. Rien de sale là-dedans. Wanda n'avait pas à rougir de ce legs qui lui revenait de droit, tout comme les parures de sa mère. Elle n'avait pas à y renoncer.

Les richesses du coffre, c'était autre chose. De cela, ils discuteraient avec les Finkelstein. Mais son compte était bien à elle et il l'aiderait à le faire fructifier.

Comme il s'était déjà promis de l'accompagner partout, avec elle, il rendrait visite à ce Perrin. S'il le jugeait incompétent, Wanda changerait d'établissement.

— Oh! dit-elle avec insouciance. Pour ça, on peut faire confiance à l'Organisation. Ils n'auraient pas choisi une banque nulle. Ils ont sans doute pris la meilleure sur le marché.

Richard le croyait volontiers. Il ne le lui confia pas mais il pensait aussi que pour la sécurité de Wanda, surtout si elle vidait le coffre, il valait mieux que l'Organisation ignore ses agissements. Elle était sûrement en contact avec les dirigeants de cette banque et s'assurerait qu'elle ne lèse pas Wanda ni non plus que celle-ci dilapide une fortune qu'elle s'était donné tant de mal pour récupérer et lui remettre.

— Tu es riche, ma douce! Maintenant, qu'est-ce que tu vas faire?

Elle s'assit sur ses genoux, repoussa les papiers, noua ses bras autour de son cou.

— Mais rien, fit-elle en lui mordillant l'oreille. Je suis très heureuse comme ça. Et je le serai davantage encore quand tout sera réglé.

Pas de tremblements. Pas de sueurs subites. Pas de défaillance. Elle avait parlé avec enjouement.

Il soupira, soulagé, et détournant lui aussi les yeux de toute cette paperasse, l'entraîna vers le canapé. Il ne se lasserait jamais de sa chaleur.

L'homme était moins isolé dans son cachot. Cinq années s'étaient écoulées depuis le Jugement. Les geôliers n'étaient pas devenus plus avenants, avenant eût été un terme trop fort. Si les Russes présentaient toujours le même visage hostile, Anglais, Américains et Français n'accomplissaient plus que leur travail, sans y ajouter la persécution constante d'un guichet brutalement et fréquemment ouvert, même en pleine nuit.

En dépit des protestations soviétiques, cédant aux demandes réitérées d'organisations humanitaires demeurées inactives en des temps plus terribles et qui aujourd'hui critiquaient des conditions de détention qu'elles jugeaient insupportables, les Alliés avaient consenti de surcroît à ce qu'une fois par semaine, les prisonniers aient droit à une promenade collective dans la courette.

Après un si long mutisme, ce fut un soulagement de s'entretenir à voix basse pour que leurs paroles d'encouragement ne parviennent pas aux oreilles pourtant désormais distraites des geôliers.

L'Organisation veillait. C'était elle qui leur avait obtenu ces améliorations, elle aussi qui était parvenue à délivrer à presque tous des messages inespérés.

La plupart enviaient l'homme qui avait eu la chance de revoir sa fille. Ils étaient rares, ceux qui recevaient des visites. Il faudrait encore du temps pour que les familles osent s'aventurer jusqu'ici sans craindre que l'on mette en doute leurs serments de dénazification.

Ils savaient pourtant que, comme ici, les choses s'amélioraient au-dehors. Le pays se reconstruisait et les villes se relevaient de leurs champs de ruines. Avec l'argent américain et le labeur obstiné allemand, la prospérité renaîtrait.

Les condamnés à perpétuité se prenaient à espérer des remises de peine. Le temps effacerait les rancœurs du passé. Comme l'homme, tous étaient si convaincus d'être innocents, de n'avoir accompli que leur devoir ! Que leur demandait-on au juste de payer, sinon des crimes imaginaires inventés pour le seul plaisir de se venger des vaincus !

L'homme écoutait, doutait. Le temps suffirait-il à convaincre Wanda. Il s'était attendu à ce qu'elle se précipite vers lui.

Elle n'était pas venue.

Où était-elle, Wanda ? Encore à Paris ? Elle n'avait plus besoin de travailler, ni même d'étudier. Avait-elle, comme tant d'autres, gagné l'Amérique du Sud, les Etats-Unis ? Elle était libre d'aller et de venir, sa fille.

Il préféra penser qu'elle était toujours à Paris. Plus près de lui. Pour ne pas risquer de lui nuire, il ne lui écrivit pourtant pas quand les organisations humanitaires se chargèrent de transmettre, bimensuellement, deux lettres par prisonnier.

Il attendrait. Elle viendrait.

Attendre le dîner de fête chez les Finkelstein ? Wanda n'en avait pas la patience. Maintenant qu'elle avait tout avoué à Richard, elle avait envie de crier la vérité à la face du monde. Elle avait soif d'agir au plus vite pour réparer.

Elle avait tant déjà partagé la nourriture des Finkelstein, à leur table. Elle proposa à Richard de les inviter chez lui. Elle préparerait un superbe repas. Elle en avait les moyens. Elle se sentait dorénavant tout à fait libre de dépenser la petite somme prélevée à la banque Laffrais-Palmont.

Hélène et Samuel acceptèrent joyeusement l'invitation. Benjamin et David boudaient, vexés de n'avoir pas été conviés.

— Quelquefois, il vaut mieux se rencontrer entre grandes personnes quand on a des choses importantes à se dire, les consola Wanda. Je vous inviterai bientôt aussi, je vous le promets.

Des choses importantes à se dire entre grandes personnes ? Les gamins se poussèrent du coude. Comme s'ils n'avaient pas déjà deviné que Wanda et Richard annonceraient bientôt leur mariage. La question primordiale, c'était est-ce que Wanda s'en irait et, dans ce cas, trouverait-on jamais quelqu'un d'aussi gentil pour la remplacer ? Et en attendant, quand leurs parents sortaient le soir, c'était elle qui les gardait.

Wanda avait tout prévu. La jeune sœur de la finisseuse s'en chargerait. Elle était affreuse. Ils poussèrent des cris horrifiés et menacèrent de lui mener la vie dure. Benjamin hurlait. David était tassé sur son lit. N'eût-ce cette conversation été primordiale, Wanda aurait renoncé à sa soirée devant un tel déploiement de chagrin.

Finalement, les choses s'arrangèrent. Entendant les cris, Simon, toujours serviable, proposa de tenir compagnie aux gamins avec sa bonne amie. On ferait la dînette dans la cuisine. On jouerait au Nain jaune, aux petits chevaux. On ferait la fête aussi. Les gamins se calmèrent.

Connaissant les goûts des Finkelstein, Wanda décida un dîner russe. Saumon fumé et côtelettes Pojarski, gâteau au fromage. Vodka et vin blanc. Pain au cumin. Elle n'avait jamais mis tant de cœur à faire les courses. La cuisine de Richard était plutôt rudimentaire, mais elle s'en arrangea. Pour dresser la table, il avait emprunté nappe blanche, porcelaine, verres de cristal et argenterie à ses parents. Toujours pour conserver une ambiance russe, Wanda l'illumina de bougies d'un rouge écarlate.

Rien qu'à la voir placer verres, assiettes, couteaux et fourchettes, plier délicatement les serviettes, il était facile de deviner qu'elle n'avait pas été élevée dans une masure. Hélène l'avait déjà remarqué et lui avait souvent confié le soin de se charger de ses décors de fête. Une touche, un rien, et tout prenait une allure fastueuse. Hélène avait admiré sans s'étonner, ni envier. Après tout, elle n'ignorait pas que les origines de sa fille au pair étaient bien plus distinguées que les siennes. Les beaux quartiers zurichois n'avaient rien à voir avec Belleville ! Ni même avec le boulevard Barbès. Mais jamais Wanda ne s'était considérée comme une fille déchue. Elle était jeune et avait confiance en son avenir. Revêtant sa plus belle robe de soie noire pour se rendre à son invitation, Hélène pensa qu'elle avait eu raison et qu'elle l'avait mérité.

D'abord le repas, ensuite la conversation. Richard avait été ferme là-dessus. Gais et repus, vodka et vin aidant, Hélène et Samuel Finkelstein accepteraient plus volontiers des réalités qu'*a priori*, ils fuiraient en courant. Ensuite, dégrisés par les révélations de Wanda, ils pourraient calmement envisager l'avenir. L'avenir du butin de Hans Schomberg.

Tout l'après-midi, Wanda avait briqué le petit appartement. Plus de livres, de polycopiés et de carnets de notes en fouillis sur le bureau. Tout avait été soigneusement rangé dans les tiroirs par un Richard touchant de bonne volonté. Même ses journaux étaient sagement empilés dans un coin de la bibliothèque.

— C'est charmant chez vous, s'exclama Hélène, s'asseyant sur le divan.

Pas d'apéritif. Tout le monde était d'accord là-dessus. La vodka accompagnant le saumon norvégien le remplacerait avantageusement. On prit place autour de la table.

— Alors, l'importante nouvelle réservée aux grandes personnes ? taquina Samuel tandis que Richard remplissait les petits verres.

Il avait hâte de trinquer au bonheur de ses hôtes.

— Je ne sais pas trop à qui demander la main de Wanda, répliqua Richard. Pourquoi pas à vous ?

— Je vous l'accorde, s'empressa de répondre solennellement Samuel.

Le ton fit rire tout le monde. Les verres se heurtèrent. Debout, les bras entrecroisés, Richard et Wanda avalèrent d'un trait l'alcool brûlant. Samuel et Hélène applaudirent.

— David et Benjamin regretteront d'avoir raté ça, ne put s'empêcher de remarquer Hélène.

La physionomie de Wanda se rembrunit. Nul ne le constata dans la lueur des bougies mais Richard le perçut. La raison pour laquelle les enfants n'avaient pu être conviés, le plus dur, restait à venir. Après les bonnes nouvelles, les mauvaises, et de nouveau les bonnes.

Dans l'ordre.

Les Finkelstein s'extasièrent sur la finesse des côtelettes, la légèreté de la pâtisserie. Aidée de Richard, priant Hélène de ne surtout pas se lever pour une fois qu'elle était son invitée, Wanda débarrassa la table.

Elle apporta les tasses, son fiancé le café. Il lui lança un coup d'œil inquiet.

Et maintenant, Wanda ?

Elle se chargea du service. Ses mains étaient fermes. Pas une goutte du noir breuvage ne souilla l'immaculée nappe blanche.

Et maintenant, Wanda ?

Maintenant, on parle.

La cire des bougies rouge écarlate avait coulé dans leurs coupelles de verre. Et puis, il était important que chacun puisse se voir clairement, bien lire dans les yeux de l'autre. Richard alluma lampes de chevet et lampadaire.

Vas-y, Wanda, encouragea-t-il silencieusement. Il aurait voulu lui tenir la main mais elle avait serré ses coudes contre son corps et renversé son doux visage.

Elle se jeta à l'eau.

Le difficile, le douloureux récit, Richard le connaissait déjà par cœur. Il en avait exigé tous les détails, réclamé toutes les précisions car tel était le prix à payer pour la paix de l'âme de celle qu'il aimait.

A présent, Samuel et Hélène Finkelstein l'écoutaient avec la même avidité.

— Et dire qu'à un moment, ma femme est allée jusqu'à se figurer que vous étiez juive ! s'exclama tristement Samuel. Quelle dérision !

C'étaient eux qui avaient échafaudé toutes ces suppositions. Elle, elle n'avait menti que par omission.

— Quelle omission ! dit Samuel avec un ricanement qui ressemblait à un sanglot.

— A s'en rendre malade, rappela Richard.

— Il faut reconnaître qu'il y a là de quoi, observa Samuel, impitoyable. Moi-même, j'ai maintenant la nausée et je me sens prêt à rendre votre délicieux repas.

Le visage fermé, Hélène lui fit signe de se taire. Rien n'avait obligé Wanda à ses révélations. Si elle avait choisi de le faire, elle avait ses raisons. Qu'il la laisse parler.

— Je croyais qu'elle avait besoin de vacances et elle, elle partait gentiment bavarder avec des criminels de guerre, ironisa Samuel.

Comme Richard, Samuel se reprochait de n'avoir pas reconnu immédiatement ce nom qu'il ne connaissait pourtant que trop bien. Schomberg… Il aurait mérité mille fois la pendaison, l'abominable Hans Schomberg, et voilà qu'il se prélassait dans sa prison. On pouvait faire confiance aux Américains. Avec eux, on n'avait jamais dû manquer de rien, à Spandau.

Ce que Samuel se refusait surtout à admettre, c'était que Wanda n'eût pas rompu tous les ponts avec son ignoble père. Lui, il lui aurait craché une fois pour toutes à la figure et en aurait fait à jamais son deuil. Pas étonnant que Wanda ait présenté des signes de folie avec une telle hérédité ! Et lui, l'imbécile, il avait confié ses gosses à une Schomberg ! Une chance encore qu'elle ne les ait pas massacrés.

De la haine, il n'éprouvait plus que de la haine pour la frêle jeune fille, face à lui, et il se moquait bien des grosses larmes qui roulaient maintenant sur ses joues blêmies.

Il s'étonna de ne lire que de l'attention sur la physionomie d'Hélène, de la tendresse et de la fierté même sur celle de Richard. Comment pouvaient-ils seulement supporter d'être en présence de cette engeance de serpent ? Comment ce garçon intelligent et aimable pouvait-il la serrer dans ses bras.

Lui allait se lever, claquer la porte et partir sans se retourner. Surtout, surtout ne plus jamais la revoir. Ne plus entendre parler de Wanda Schomberg.

— Calme-toi et écoute, ordonna Hélène entre ses dents, posant une main apaisante sur ses genoux serrés.

Toutes fossettes effacées, le beau visage de Samuel n'était que fureur et tension. Les paroles de Wanda bourdonnaient sans plus aucun sens à ses oreilles.

— Ecoute, répéta sa femme.

Richard lui tendit un verre de vodka qu'il refusa.

— Ecoutez, dit aussi le jeune homme. Nous en venons au plus important.

L'argent. Le trésor maudit.

Des livres sterling, des dollars, des francs suisses par millions. Des diamants, des émeraudes, des rubis en pagaille. Tout pris aux juifs. Tout à rendre aux juifs.

Samuel accepta le gobelet de vodka.

La pièce n'était plus que silence. Il contempla avec stupéfaction sa femme qui se levait et embrassait Wanda.

— Partons, dit-il. Je ne veux rien avoir à faire avec ce trésor du diable.

Hélène réprima une envie de le gifler, ne serait-ce que pour l'aider à reprendre ses esprits. Quoi ! Il ne voyait pas la douleur de la jeune fille, sa volonté de réparer dans la mesure du possible des torts irréparables ? Nul ne l'avait contrainte à parler. Cette fortune, elle aurait pu la conserver par-devers elle et voilà qu'elle demandait à le mettre au service du bien, ce produit du mal. Son mari serait-il trop stupide pour comprendre combien cette fille avait souffert, elle aussi, à quel effort elle s'était astreinte pour se livrer ?

— Que faut-il faire du butin de Hans Schomberg ?

demanda Richard. C'est là toute la question, maintenant. C'était de cela que nous souhaitions vous parler.

— Tout brûler, cria spontanément Samuel.

— Le restituer à ses véritables propriétaires, dit doucement Hélène.

— Exactement, dit Samuel. Ils ont brûlé. Qu'il brûle comme eux.

Sa femme le considéra presque avec mépris.

— Je te connais depuis près de vingt ans, Samuel Finkelstein, et c'est la première fois que je te vois perdre la cervelle en même temps que tout sens de justice.

Il suffoqua mais se tut, maté.

La conversation se poursuivit d'abord sans lui.

— Selon vous, qui sont les véritables propriétaires ? demanda timidement Wanda.

— L'Etat d'Israël ? proposa Richard.

Hélène fit un signe de dénégation.

— Non. Les orphelins juifs. Tous ces enfants juifs qui n'auront plus jamais ni père ni mère, et qui pleurent et cauchemardent dans des maisons d'enfants. Les éducateurs les plus dévoués ne leur feront jamais oublier la perte de leur famille. Ce butin, comme vous dites, c'est leur héritage. Cet argent, ces pierres précieuses, ils ont été dérobés à leurs parents. C'est à eux qu'ils doivent revenir.

— Et comment ? De quelle façon ? interrogea Richard.

— Une fondation. Des vacances pour les plus petits, des bourses d'études pour les plus grands, les moyens de s'installer pour ceux en âge de voler de leurs propres ailes.

Les yeux de Wanda étincelèrent.

— Une fondation Schomberg pour les enfants juifs ! s'exclama-t-elle, émerveillée.

— Impossible, dit Richard. L'Organisation ne te laisserait pas le temps d'agir. Ces fonds disparaîtraient aussi mystérieusement qu'ils sont arrivés. Et même si tu sortais le tout avant de l'exhiber au grand jour, jamais «ils» ne te le pardonneraient. Toi, moi, nos propres enfants plus tard, nous serions constamment en danger. Tout donner, tout donner aux orphelins juifs, Madame Finkelstein, vous avez raison. Mais dans le plus grand secret et sans que le nom de Wanda Schomberg apparaisse jamais. C'est pour la même raison que je lui ai déjà conseillé de laisser sur le même compte son propre héritage. Pour que l'Organisation la laisse, nous laisse en paix.

— Ne peut-on pas dénoncer ces assassins? Une lettre anonyme, je ne sais pas…

— Comment les démasquer? Il y en a peut-être là dans l'ombre, tout près, peut-être aussi sont-ils déjà tapis très loin, soupira Wanda.

— Cet argent peut servir à les rechercher, dit Samuel.

— L'homme qui est venu me trouver m'a parlé des services secrets israéliens, de «chasseurs de nazis». Ils se sentent menacés, constamment en danger, ils sont toujours sur leurs gardes et c'est déjà une bonne chose.

— Oui, approuva Hélène. Qu'ils périssent tous, tremblants de peur dans leurs tanières. Les orphelins d'abord.

— Pratiquement…, fit Richard. Wanda comptait sur vous pour la conseiller.

Pratiquement!

Peu à peu, Samuel avait recouvré sa lucidité et son sens des réalités.

— J'irai trouver les responsables des organisations juives qui s'occupent des enfants. Ils se figureront peut-être que j'ai réussi à rapporter le butin avec moi en quittant le camp. Je sais que d'autres, quand ils l'ont pu, ont puisé sans vergogne dans les trésors que les nazis en fuite n'ont pas eu le temps d'emporter. Pas de Fondation Schomberg, mais pas de Fondation Finkelstein non plus. «Ils» connaissent les relations de Wanda avec nous. Une Fondation anonyme mais dont j'insisterais pour présider le conseil d'administration afin d'éviter que le moindre sou ne soit gaspillé.

Apparemment, maintenant qu'on abordait le côté « pratique » de l'affaire, il retrouvait sa bonne humeur.

— Pourquoi ne pas tout placer à votre banque Laffrais-Palmont puisqu'il paraît qu'ils sont si bons gestionnaires ?

Des rires sonores détendirent l'atmosphère alourdie.

— Excusez-moi, Wanda. Je me suis un moment mépris sur votre compte. Ça m'était déjà arrivé, d'ailleurs, mais chaque fois, j'ai compris que vous êtes une bonne fille. Vous êtes quelqu'un de bien, Wanda, insista Samuel, et ne laissez jamais personne vous dire le contraire. Pas même moi.

Hélène caressa la joue que creusaient de nouveau les fossettes taquines.

— Moi, je n'ai jamais douté.

De trop fréquentes visites auraient éveillé les soupçons. Wanda mit plusieurs semaines à vider le coffre. Même ensuite, elle continua de temps à autre à le visiter. Perrin ne sut jamais que son établissement veillait sur un trésor disparu.

Les parures de sa mère furent séparées. Toutes étaient rangées dans le coffret que Wanda avait si souvent admiré dans la maison de pierre meulière. Hans Schomberg leur avait fait prendre le chemin helvétique que son épouse avait refusé de suivre. A présent, ses bijoux gisaient là, aux côtés de ceux d'autres femmes. Toutes, comme elle, mortes de mort violente.

La simple bague ornée d'un rubis que Wanda passa à son doigt, elle ne la quitterait plus jamais.

10

La Fondation de secours aux orphelins juifs vit le jour. Elle viendrait en aide à d'innombrables enfants juifs pendant les quinze années suivantes, avant que tous atteignent l'âge adulte.

David et Benjamin avaient maintenant douze et dix ans. C'était d'une aide-ménagère dont Hélène avait besoin, plus d'une fille au pair. Elle engagea une femme de ménage qui, plusieurs fois par semaine, vint énergiquement secouer les carpettes et tout ranger dans un ordre si rigoureux que les gamins, après son passage, ne retrouvaient jamais leurs affaires.

Ils regrettaient la constante compagnie de Wanda mais Wanda était toujours là. Elle jouait encore avec eux, veillait de temps à autre sur leurs devoirs et, parfois, elle descendait au magasin prêter main-forte à Samuel, lui apportant son concours et ses idées. Dans l'attente de son mariage avec Richard, elle avait également conservé l'usage de la chambrette, en haut de l'escalier de service. Même si elle ne l'occupait que rarement, pour les parents Fabre, ce serait gage de respectabilité.

Samuel et Hélène lui avaient volontiers accordé l'autorisation de rester, refusant tout loyer même s'ils savaient qu'elle aurait eu désormais le moyen de le leur payer. De même, Samuel avait insisté pour qu'elle accepte un salaire décent. Son apport avait été et continuait d'être précieux à la Maison Finkelstein.

Les épousailles eurent lieu au printemps, à la mairie du dix-huitième arrondissement. Les parents Finkelstein étaient témoins, les enfants garçons d'honneur. Samuel Finkelstein remit lui-même Wanda Schomberg à

Richard Fabre devant un Monsieur le Maire adjoint, à l'écharpe tirebouchonnée et qui s'emmêla dans un discours compliqué.

Ils échangèrent leurs alliances.

M. et Mme Fabre avaient la larme à l'œil. La fête eut lieu dans le parc de la maison de la sœur de Richard, à Montgeron. Elle fut simple, champêtre et gaie.

Les mariés partirent pour un merveilleux voyage de noces qu'ils passèrent blottis au fond d'un lit dans un grand hôtel normand tandis qu'au-dehors, la pluie succédait au beau temps et le beau temps à la pluie sans qu'ils en aient cure.

Quelques promenades sur des plages encore désertes, parmi des falaises crayeuses, quelques escapades dans des crêperies et des restaurants et déjà, ils emménageaient dans un vaste appartement, proche du Luxembourg, acquis à crédit mais pour lequel une partie de l'argent des Paltenkirsch avait servi de premier versement. Richard avait maintenant passé sa thèse. Une pièce avait été transformée en cabinet et une autre en salon-salle d'attente. C'était au mari d'entretenir sa femme, pas le contraire. Il s'était déjà constitué une petite clientèle fidèle à l'hôpital. Ce serait lui qui paierait les traites.

Wanda tricha sur le prix des meubles.

Plusieurs mois s'écoulèrent dans un bonheur tranquille.

Elle attendit que la Fondation se soit établie dans de bons locaux, qu'elle ait lancé ses premières initiatives, qu'une cinquantaine d'orphelins bénéficient déjà de bourses d'études, qu'une maison d'enfants ait été rénovée de fond en comble avant d'entreprendre le grand voyage.

Richard eut beau protester et tempêter. Elle irait seule. Elle ne pouvait y aller que seule. Seule, elle savait ce qu'elle avait à dire et à faire.

Pas de mensonge, cette fois. Il l'accompagna à la gare. Ensemble, ils guettèrent le tableau des départs «Grandes Lignes». Depuis son compartiment particulier de wagons-lits, elle adressa un large sourire à son mari renfrogné.

Et puis le train s'ébranla et, le cœur battant, elle s'effondra sur la banquette capitonnée.

Peut-être aurait-elle dû accepter que Richard l'accompagne? Non, Berlin n'appartenait qu'à ses seuls souvenirs. Les visites à Spandau n'étaient qu'à elle.

Là-bas, dans son autre et si rude univers, Richard n'avait pas sa place.

11

«J'aimerais rencontrer un nazi, un vrai, et lui demander: Regrettez-vous les crimes que vous avez commis?» avait dit Samuel à Wanda, plusieurs semaines après ses aveux.

Ni son père, ni ses coaccusés du box de Nuremberg, ni Herbert n'éprouvaient le moindre regret. Ils avaient été transformés en robots, robots ils étaient demeurés.

Les nazis de moindre importance, les petits chefs locaux, les maires, même les simples habitants, personne n'avait rien vu, rien entendu, nul n'était au courant de rien.

— Il ne faut pas désespérer de l'humanité, avait déclaré fermement Hélène. Une Wanda peut succéder à un Hans Schomberg.

Son père lui dirait-il aujourd'hui qu'il regrettait ses crimes? Ah, s'il le faisait!

La gorge sèche, elle marche dans des rues aux beaux immeubles neufs. Elle ne reconnaît plus rien. Les ruines ont laissé place à des quartiers pimpants. Les premières fois qu'elle était venue, parmi les décombres, il n'y avait que des femmes, des vieillards et des enfants en haillons. A présent, il y a belle lurette que les camps américains ont relâché leurs prisonniers. Ils n'allaient pas non plus les nourrir gratuitement indéfiniment. Autant les remettre au travail, tout de suite.

Ceux des camps soviétiques ne reviennent encore qu'au compte-gouttes. Les condamnés aux travaux forcés, main-d'œuvre corvéable à merci, ce sont eux, les anciens surhommes, à présent, même si dans leurs rangs il y a aussi de simples soldats, recrues obligatoires et qui, comme son frère, n'ont pas eu d'autre choix que d'accepter l'uniforme.

Les gens présentent une allure prospère. C'est le début du grand boom économique.

Plus question à présent de voyage à la sauvette. De Paris, après avoir consulté un guide, Richard a réservé à sa femme une chambre dans un bon hôtel. Elle y a déposé son sac. Elle a d'abord marché un peu pour se détendre. Mais elle n'est pas venue si loin pour reculer. Elle hèle un taxi.

Elle a tant de choses à dire à son père. Elle a tout répété dans sa tête. Il faudra bien qu'il finisse par comprendre ! S'il comprenait, elle pourrait lui pardonner.

Aujourd'hui sera-t-il le grand jour ?

La prison se dresse devant elle, toujours aussi sinistre. Mais le contrôle et la fouille à l'entrée sont plus rapides. C'est la semaine française. Il y a même quelques clins d'œil en direction de la jolie blonde. On la conduit dans un parloir. Deux bancs, de part et d'autre d'une grille. A l'entrée, bâille une sentinelle.

Elle s'assoit, genoux pliés, sac serré contre sa poitrine. Ici, elle ne sera jamais détendue.

L'homme apparaît bientôt. Ses traits sont tirés. Il semble avoir beaucoup vieilli depuis sa dernière visite. Il est pourtant heureux de sa venue et quelque chose de sa joie transparaît dans son regard.

Longtemps, il a guetté le gardien qui, ouvrant son huis, annoncerait la visiteuse. Etait-elle partie au loin ? Mais à présent, elle aurait pu lui écrire. Rien que le silence et l'oubli et des jours mornes et pesants.

— Pourquoi ? énonça-t-il.

Et elle comprit d'emblée qu'il évoquait sa longue absence.

— Pourquoi ?

— J'avais besoin de réfléchir.

C'était comme si elle n'en finirait jamais de s'expliquer. Elle parla des Finkelstein, sa seconde famille. Les juifs, elle avait si bien appris à les connaître, à se mêler à eux, à partager leurs deuils et leurs fêtes que parfois, elle s'était sentie juive elle-même et les juifs eux-mêmes l'avaient crue des leurs.

Depuis Nuremberg, elle voulait réparer, expier. Elle remercia son père de lui en avoir donné les moyens. Grâce aux richesses qu'il lui avait transmises, des milliers d'orphelins juifs reprendraient goût à la vie. Elle expliqua la Fondation et comment elle serait leur rédemption à tous deux.

Tant d'amour et de passion dans sa voix quand elle évoquait ses juifs !

Comme ils lui avaient bien bourré le crâne !

L'homme était sous le choc, les traits crispés. Il s'agrippa à la grille comme pour mieux conserver son sang-froid. Il la considéra avec horreur et puis soudain, il se détendit, ses lèvres s'étirèrent en un rictus amer.

— Je savais que tu n'avais rien compris. Mais à ce point ! Tu aimerais sans doute m'entendre dire que ton idée me comble de joie ? Ce serait un mensonge. Je ne peux le proférer. Ce serait au-dessus de mes forces. Toute ma vie, j'ai combattu pour un idéal. Un idéal, cria-t-il. J'ai affronté les pires tourments : ta mère, que j'ai tant cherché à sauver, écrasée sous les bombardements, ton frère, tombé dignement à Stalingrad ! Seraient-ils donc morts pour rien si même leur fille, leur sœur a rejoint le camp des vainqueurs tandis qu'eux, moi, resterons pour la postérité d'éternels vaincus ?

Wanda, tu viens me raconter que tu aimes les juifs, que tu es presque toi-même devenue juive, qu'aux juifs, tu donnes avec joie tout ce que j'avais amassé pour les miens. Et tu voudrais que je te suive dans cette aventure ? D'ailleurs, tu n'es pas venue me demander conseil, simplement m'annoncer la nouvelle, après coup.

Tu voulais connaître ma réaction, de visu ? Que veux-tu que je te dise exactement ? Que je suis enchanté de ton entreprise ? Qu'Hans Schomberg est content que sa fortune aille à des sous-hommes ?

Près de sept ans que je suis enfermé ! Seul dans ma cellule, il m'est arrivé de me demander si j'existais encore. Je n'avais cependant qu'un unique souci : toi. Je ne pouvais veiller sur toi, t'apporter le bonheur, ni l'existence que tu méritais. En bon père, j'ai agi de mon mieux. Grâce à l'Organisation, j'ai tenté de te donner une vie somptueuse, même loin de mes yeux. Et maintenant, tu me racontes que tu y renonces pour le bien-être des juifs… que tu dilapides pour eux tout ce que j'ai amassé pour toi !

Il se tut mais Wanda ne dit rien. L'homme n'en avait pas fini. Elle attendit qu'il reprenne son souffle et poursuive. Alors, il l'étonna. Pour Hans Schomberg, comme pour elle, rien n'était plus simple :

— Le monde bouge, change, se transforme, murmura-t-il pensivement. Les alliances se renversent. Oui, Wanda, il m'arrive parfois de douter. Nous avons lutté jusqu'au bout de nos forces, jusqu'aux derniers de nos fils et parfois je me demande, pour qui, pour quoi. Je sais que l'univers tout entier nous déteste. Mais le temps passe et, chaque jour, les gens oublient un peu plus.

L'histoire a déjà vu s'effacer des haines séculaires. Qui, en France, en veut encore aux Anglais d'avoir brûlé Jeanne d'Arc ? Qui ose mettre en doute la sainteté d'Ignace de Loyola, grand maître de l'Inquisition et à ce titre responsable, comme moi, de la mort de nombre de ces juifs que tu apprécies tant ?

Les hommes s'imaginent maîtres de leur destin. Ils ne sont que les esclaves de leur temps. J'ai été l'objet du mien.

Qu'a-t-elle perçu soudain ? Pas de remords, certes. Mais du regret, de la soumission. Assez pour qu'elle le dévisage avec compassion. Il n'est pas d'accord avec sa décision, mais il l'accepte. Pas d'éclats de voix, plus de grandes diatribes contre les juifs.

— Père, je comprends, souffla-t-elle. Je comprends ce que tu penses. Les hommes ne sont que des hommes. A Dieu d'opérer le tri entre les bons et les méchants. A l'Histoire et non aux hommes de juger.

Malgré la fraîcheur du parloir, son père transpirait à grosses gouttes. Pour elle, il venait d'accomplir un grand effort sur lui-même et elle lui en était reconnaissante. Elle lui tendit un mouchoir pour qu'il s'éponge le front. La sentinelle, sourcilleuse, s'approcha et vérifia qu'il ne s'agissait que d'un simple carré de lin, vide de tout objet suspect. Il consentit à ce que le tissu passe le grillage.

L'homme le caressa avec amour, comme il aurait aimé caresser le visage de sa fille. Elle lui fit part alors de son mariage avec Richard Fabre. Un médecin. Une bonne famille. Non, il n'était pas juif. Oui, il la chérissait tendrement. Oui, elle était heureuse près de lui. Il aurait voulu l'accompagner, mais à quoi bon ? Jamais, on ne lui aurait permis de pénétrer dans la prison. de s'asseoir dans ce parloir.

Hans Schomberg hésita à se réjouir.

— Tu veux ma bénédiction, Wanda ? Tu l'as. Je souhaite de tout mon cœur que cette union soit couronnée de bonheur, que tu me donnes de nombreux petits-enfants, la descendance que ta mère aurait tant aimé avoir et que ton frère ne m'apportera jamais plus. Oui, je serais alors comblé. Mais je ressens tant de craintes ! Si un de vos enfants commet une sottise, si un jour un de tes mots lui déplaît, ton mari ne pourra-t-il s'empêcher de penser à son beau-père en prison pour crimes de guerre, de vous comparer à lui ? De regretter de s'être lié à une famille nazie. Tant de mensonges courent sur notre compte !

— C'est lui qui m'a choisie ! Il m'aime, affirma Wanda, avec une assurance qu'en cet instant elle ne ressentait pas. Ces doutes, ne les avait-elle pas elle-même déjà partagés ?

— Qu'en sera-t-il dans dix, dans vingt ans ?

— Père, tu l'as dit toi-même, le temps efface bien des choses.

Un nouveau souci affleura au front de son père.

— Tu es sûre qu'il ne t'a pas épousée que pour ton argent ?

— J'y avais renoncé bien avant. La Fondation…

— La Fondation…, soupira-t-il, déchiré.

Elle narra alors la noce champêtre, si gaie, dans le jardin de Montgeron, décrivit l'appartement, les meubles, le décor dans lequel elle vivait à présent.

Attentif, il l'écoutait. Plus tard, dans sa cellule, il se l'imaginerait dans ce salon moderne, aux côtés d'un grand garçon brun aux cheveux toujours en bataille. Toute à son récit, Wanda en oubliait le triste lieu où elle se trouvait. La sentinelle la rappela à l'ordre :

— La visite est terminée, annonça le soldat d'une voix sans timbre.

Un coup d'œil à sa montre-bracelet lui indiqua qu'il leur avait déjà accordé un délai de faveur. Elle ne protesta pas. Se levant, elle chercha à embrasser son père à travers la grille.

Au moment de disparaître par la porte du fond, il lui lança encore :

— Sois heureuse, ma fille !

Il ne lui avait pas demandé de revenir, songea-t-elle brusquement en signant le registre des visites. Toute à ses explications, elle avait omis de lui préciser son adresse et il ne la lui avait pas non plus demandée.

Qu'est-ce que cela signifiait ? Qu'il jugeait préférable, pour elle, qu'elle ne le revoie plus ?

Dans la rue, elle respira longuement. Eblouie par un soleil de plomb succédant au parloir à peine éclairé d'une maigre ampoule, elle cligna les yeux.

De nouveau, elle marcha. Longtemps. Ses pas l'entraînèrent jusqu'au parc de son enfance. Au bord du lac où s'ébattaient de nouveaux cygnes et canards, elle songea qu'elle reviendrait voir son père. Le monde change… Les hommes aussi. Hans Schomberg n'avait pas encore trouvé sa rédemption mais il était sur la bonne voie. Il ne l'avait pas maudite, il ne l'avait pas accusée de trahison, il avait sereinement accepté ses décisions. Il ne s'était inquiété que de son propre avenir.

Elle chassa de sa tête toute idée insidieuse. Une fois pour toutes, Richard l'avait acceptée telle qu'elle était. Avec son passé. Avec son hérédité. Même au plus fort d'une querelle, jamais il ne la traiterait de « graine de nazie » !

Le parc n'était empli que de souvenirs bienfaisants, d'ondes bénéfiques. Innocents étaient les enfants blonds qui y jouaient comme innocents seraient les siens.

Le monde change… Les pays aussi. L'Allemagne redevenait la grande démocratie qu'elle n'aurait jamais dû cesser d'être. Ses habitants étaient dégoûtés des guerres pour des générations. Il y aurait une nouvelle Europe et elle ne serait pas celle dont avaient rêvé Hitler, ses affidés, y compris Hans Schomberg, à présent si désabusé dans sa prison. Elle ne désespérait plus de son repentir.

Wanda huma l'odeur des pins, le parfum des fleurs.

Elle était pressée de se jeter dans les bras de Richard,

de retrouver son foyer. En même temps, elle était reconnaissante à son mari d'avoir insisté pour qu'elle se repose une nuit à l'hôtel avant de reprendre le long périple de retour. Un bain chaud, un repas dans sa chambre, du temps pour mettre de l'ordre dans sa tête… Oui, c'était mieux que ses anciens voyages hâtifs qui la laissaient pantelante, le cœur battant la chamade.

Richard l'aimait. Il l'avait guérie de tous ses malaises en la contraignant, pour son bien, à les exposer au grand jour. Il s'était montré attentif à ses souffrances. Il avait tâtonné avant de les comprendre, puis de les partager.

Ils étaient définitivement ensemble. Et Hans Schomberg n'était pas perdu à tout jamais.

Elle s'assit sur un banc de bois vert pour mieux contempler le lac et les blonds enfants rieurs.

Dans le train de nuit qui la ramenait à Paris, Wanda pensait à sa mère. Elle avait beaucoup aimé sa mère et avait conservé d'elle le souvenir d'une femme qui avait toujours su préserver assez d'indépendance et de ressource pour s'opposer à son mari quand il le fallait. Elle n'avait pas oublié, non plus, les belles histoires que cette femme merveilleuse lui racontait avant qu'elle ne s'endorme. Des histoires fantastiques. Elle se rappelait encore comment elle fondait en larmes lorsque son père, sans crier gare, pénétrait dans la chambre pour lui souhaiter bonne nuit et interrompait le récit de sa mère. Mais à présent ses pensées se mêlaient en son esprit et, la fatigue nerveuse et physique l'envahissant peu à peu, elle finit par s'endormir sur la banquette inconfortable de son compartiment et se mit à rêver.

Elle se trouvait dans un ailleurs peuplé de diables, plus beaux les uns que les autres et qui lui offraient le Paradis :

— N'aie pas peur, enfant, suis-nous. Tu vas voir, n'aie crainte, tu vas voir, notre Enfer ressemble au Paradis. Viens avec nous, laisse-toi guider, nous prenons tout en charge. Sais-tu? L'Enfer est une invention des hommes... il n'a jamais existé.

Tout en parlant ils essayaient de l'entraîner à leur suite mais Wanda résistait.

— Si votre Enfer ressemble au Paradis, cria-t-elle, pourquoi n'est-il pas simplement le Paradis, et où est le vrai Paradis? Et pourquoi vous croirais-je? Vous autres diables ne trompez-vous pas toujours? N'est-ce pas là votre nature?

— Tu fais erreur, lui répondit celui qui paraissait le plus vieux. On nous fait sur la terre une bien mauvaise réputation. Bien sûr nous ne faisons rien pour la redresser, pour nous disculper, cependant... je vais être franc avec toi...

— Franc! Est-ce possible pour un diable?

— Voilà... quelle meilleure preuve de ce que je voulais te dire. Dès qu'un diable tente de parler, on le coupe, on ne lui laisse aucune chance de s'expliquer. Il n'a pas plus tôt ouvert la bouche qu'on le juge, qu'on l'a déjà jugé. Laisse-moi, je t'en prie, aller au bout cette fois.

Il est vrai que ce diable avait fière allure, avec ses cornes dressées, érodées, ses yeux luminescents. Certes il ne pouvait cacher sa nature, et certains signes désagréables de sa rouerie; ses oreilles qui pointaient vers le ciel, sa queue en forme de trident qui lui battait continuellement les flancs. Mais une chose cependant détonnait dans ce portrait; c'était la voix. Il avait une voix toute de douceur et Wanda, plus qu'au reste, était sensible à cette voix. Aussi lui fit-elle signe de poursuivre.

— Voici mon histoire, reprit-il. Il y a fort longtemps vivait un diable qui n'avait rien de particulier sinon qu'il s'imaginait pouvoir être comme tout le monde et mener une vie ordinaire. Cela serait passé inaperçu si, dans sa volonté entêtée de vivre une vie ordinaire, il ne s'était mis à proclamer qu'il croyait en Dieu. Un comble. Il nous faisait du tort, comprends-tu ? Un diable qui croit en Dieu ! C'était le monde à l'envers, nous ne pouvions l'admettre. Mais, nous avions beau le sermonner, le malheureux ne voulait rien entendre. En désespoir de cause nous avons fait appel à un médecin… un ange en vérité. Ici, ce n'est un secret pour personne, les anges sont nos médecins préférés.

— Vous êtes pleins de contradictions, l'interrompit Wanda.

— Personne n'est parfait. Donc, pour revenir à mon histoire nous avions fait appel à un médecin. Celui-ci après l'avoir ausculté avoua ne rien comprendre à l'étrange maladie qui frappait notre ami, mais affirma, ce que nous savions déjà : que la chose ne pouvait demeurer ainsi, que ce diable et son affection mettaient en péril l'ordre des choses. Que si un diable confessait Dieu, l'Enfer avait chance de disparaître… je ne devrais peut-être pas te le dire… mais j'ai promis d'être franc. Quoi qu'il en soit Dieu lui-même s'en est mêlé et a tenté de faire entendre raison à notre ami : « Que t'arrive-t-il ? lui a-t-il demandé. Si je t'ai fait diable c'est pour que tu sois diable selon l'ordre des choses et la nature des diables. Vois, tu n'es pas si mal en Enfer, ce sont les autres et non toi que les flammes dévorent, ce sont ceux que toi et les tiens parvenez à pervertir et qui, finalement, n'ont que ce qu'ils méritent. Ils étaient libres. Alors, pourquoi t'entêtes-tu dans cette décision de me confesser ce que tout le monde condamne ? » « Je comprends tout cela, avait répondu le diable, mais ce n'est pas l'affaire. Il y a simplement que je ne veux plus être diable… que je veux être un homme. J'en ai assez d'effrayer, d'être invoqué pour terroriser, d'entendre des jurons tels que "le diable t'emporte". Pensez-vous qu'il soit supportable que chaque fois que quelque chose, quelque part, va mal on nous accuse alors que nous n'y sommes pour rien ? Et puis… et puis, il faut que je vous avoue… ah, mais c'est bien difficile… pourtant, il faut que je le dise… vous m'intimidez, je ne sais pas, enfin… oui, voilà… j'ai péché…

— Péché, tu as péché dis-tu ! Mais ignores-tu que rien n'est interdit aux diables et que sans la loi il n'y a pas de péché ? As-tu à ce point oublié ce que sont et doivent être les diables ? Ne t'en souvient-il pas ? Je les ai créés non pas pour pécher, si ce n'était que cela les hommes y suffiraient, mais pour incarner le péché et le susciter. Cependant, diable d'entêté, dis-moi, ta faute, quelle est-elle ?

— Je suis amoureux. Oui, amoureux. Et le pire en cette aventure c'est que celle qui a éveillé en moi ce sentiment, cette femme, vit sur terre et ne se doute pas seulement du bonheur qu'elle me procure. Certes, je pourrais, puisque je suis malin, la séduire en prenant l'apparence d'un homme, mais je ne veux pas la tromper. Je l'aime sincèrement et voudrais que son amour ne soit pas le fruit d'une méprise. Je désire qu'elle puisse aimer en moi un être et non pas un paraître. Je voudrais être pour elle le meilleur des hommes et non le meilleur des diables. Mais que peuvent-ils comprendre les miens à mon tourment, peuvent-ils simplement se douter, quand vous-même ne l'avez pas remarqué, que ma vie ici, séparé d'elle, est un véritable Enfer ? » Dieu semblait perplexe. Depuis le fond des âges, depuis qu'il régnait sur la création, jamais un pareil cas ne s'était présenté. Mais il devait parler et il finit par dire : « Ton cas est grave… très grave et complexe et ardu. Toutefois rien ne m'est impossible pas même de l'éclaircir. Tu es amoureux. Jusque-là rien que de très banal. Le problème réside dans l'accomplissement, la réalisation de cet amour. Pour cela tu dois devenir homme et pour devenir homme il te faut trouver une âme, une âme que tu accueilleras et qui transformera ton corps diabolique en corps humain. Cependant cette âme doit être presque neuve. Je ne veux pas que tu acquières l'une de ces âmes que tes frères achètent à bon marché, vieilles âmes flétries et perverties, oublieuses de la vie éternelle. Il faut que tu trouves et prennes une âme véritable. Va maintenant et cherche. » Fort de cette clémence divine notre ami s'en fut parcourir la terre sans ménager sa peine. On le rencontrait partout, dans les hauts quartiers, dans les bouges, les ministères, les caravanes, sur les montagnes, dans les vallées. Rien ne semblait devoir le décourager, ni les insultes ni les quolibets. Il cherchait. Mais chaque fois qu'il trouvait une belle âme, celle-ci se détournait, ne voulait pas l'entendre et s'enfuyait. Pourtant il eut raison de ne pas abandonner. Un jour il entendit parler d'un ermite qui vivait au fond d'une forêt, un saint homme qui peut-être allait non pas lui vendre son âme mais la lui donner. Notre diable, quant à lui, savait tous les artifices de la rhétorique et de surcroît soutenait un noble intérêt. Il se rendit donc auprès de l'homme pour plaider sa cause encore une fois et tenter d'obtenir enfin une âme. Or, contrairement à ce qui s'était jusque-là passé, l'ermite ne partit pas, ne lui coupa pas la parole, mais l'écouta avec bienveillance. Quand le diable eut fini, il resta quelque temps silencieux puis se décida à parler :

— Ta demande n'est pas ordinaire mais elle me semble digne d'intérêt. De mémoire d'ermite je n'ai jamais rencontré de diable de ton espèce. Il est tant d'hommes qui se comportent en démons, que lorsqu'un démon veut devenir humain il serait mal venu de l'éconduire et de décourager sa vocation. Aussi vais-je faire quelque chose pour toi. Tu n'es pas sans te douter que je tiens à mon âme plus qu'à toute autre chose, et que pour cela je ne puis te la donner ni te la vendre. Pourtant rien ne m'empêche de te la prêter. Je pourrais, par exemple, te la céder pour... dix-huit années. Qu'en penses-tu ? Tu auras le temps de t'accoutumer à ta nouvelle condition ainsi.

— Me la prêter ! Mais que vais-je devenir après ?

questionna le diable, inquiet, je veux une âme pour l'éternité.

— Allons, n'en exige pas tant. Tu te conduis déjà en homme. Je te donne une part et tu veux le tout. Je ne doute pas, pour revenir à ton souci, que Dieu t'en fera une sur mesure si tu réussis avec celle-là.

— Que veux-tu en échange, repartit le diable qui n'avait pas encore désappris le troc des âmes.

— Rien, avait répondu l'ermite, ma plus grande récompense et gloire sera d'avoir fait de toi un homme… si tu réussis.

Le contrat fut rédigé et contresigné en un tour de main. Et, quand notre ami sortit de l'ermitage, c'était, véritablement, le plus heureux des hommes.

Dans son rêve Wanda vit alors l'homme-diable courtiser une jeune femme qui lui ressemblait étrangement. Il était habile, doux, prévenant. Elle recevait des fleurs chaque jour accompagnées de billets doux. La cour se faisait de plus en plus assidue et elle était sur le point de succomber lorsque son rêve lui échappa.

Devant ses yeux se tenait à nouveau le vieux diable du récit :

— Je ne sais pas si je dois poursuivre. Veux-tu savoir la fin de l'histoire ou préfères-tu que je m'arrête ici ?

Mais Wanda voulait savoir comment ce rêve d'amour s'achevait.

— Finirent-ils par se rejoindre, demanda-t-elle ?

— Non malheureusement. N'oublie pas qu'il s'agit d'une histoire diabolique. Non, quand notre homme-diable crut pouvoir enfin réaliser son désir, alors que la jeune femme, vaincue, allait répondre à son amour, il se trouva que son âme de juste, qui ne parvenait pas à s'accommoder de ce corps de diable, broncha tant qu'elle finit par le rendre malade. Il fut contraint de s'aliter et mourut moins d'une semaine plus tard de ce que les hommes appellent communément un phénomène de rejet.

— Ce n'est pas juste, souffla Wanda dans un demi-sommeil.

— Et maintenant, reprit le diable conteur, ouvre bien grand les yeux. Je te laisse seul juge de la scène qui suit.

Wanda est au chevet de son père et lui tient tendrement la main. Elle lui affirme qu'elle l'aimera dans l'éternité, qu'elle est heureuse maintenant qu'il a changé, qu'il a enfin compris son erreur. Lui, hoche la tête, baise la main de sa fille avec tout l'amour dont il est capable. Il se fait humble, lui demande pardon pour toutes ses fautes, lui dit encore que, s'il est bien difficile pour un diable de se faire homme, il est beaucoup plus aisé pour les hommes de devenir démoniaques. Puis l'image commence à s'estomper. Wanda s'accroche à son rêve, à son père, à ce qu'elle a entrevu… mais le train a stoppé. Il est arrivé gare de l'Est.

A la gare, Richard l'attendait. Elle lui avait pourtant dit qu'il était inutile de venir. Son train arriverait à l'heure de sa consultation à l'hôpital. Elle prendrait un taxi, tout simplement. Pourquoi mettre sens dessus dessous sa journée pour elle ? Il n'y avait pas de quoi s'inquiéter. Personne n'était jamais venu la chercher à ses retours de Berlin et tout s'était toujours très bien passé.

— Si bien que cela, Wanda ? avait-il dit, en lui rappelant ses évanouissements et ses paniques.

Elle avait ri. Elle ne connaissait plus de trous noirs. Il n'y aurait jamais plus de trous noirs.

Il avait acquiescé. N'empêche qu'il était bien là, brandissant un ticket de quai et la prenant dans ses bras.

Elle lui reprocha de s'être dérangé.

— Du coup, tu n'auras pas fini avant dix heures, ce soir.

— Mais si, je me débrouillerai pour tout rattraper dans l'après-midi.

Il tenait à ce qu'ils prennent ensemble un petit déjeuner au buffet de la gare. Ce serait comme un pèlerinage. Ne s'étaient-ils pas rencontrés au buffet d'une gare.

Ils refirent tous les gestes qu'ils avaient accomplis ce matin-là. Wanda acheta un *France-Soir* au kiosque à journaux déjà ouvert. Elle poussa la première la porte du buffet, s'assit, commanda un café-crème. Ici, comme autrefois à la gare de Lyon, le sol carrelé était recouvert de sciure et un garçon désagréable au long tablier bleu la toisa avec un même dédain quand elle consentit volontiers à partager sa table avec le premier jeune homme venu.

Et comme à la gare de Lyon, Richard reçut comme un choc en plein cœur la vision de la jeune fille frêle et fragile, penchée, la mine inquiète, sur les colonnes des petites annonces. Ebloui, il la considéra. Elle était sienne.

La vie quotidienne reprit, si douce, avec ses nuits d'amour et ses ténèbres d'or. Les après-midi que Richard consacrait à l'hôpital et où elle ne s'occupait pas d'accueillir les clients du cabinet, Wanda se rendait boulevard Barbès.

Les Finkelstein continuaient à constituer une famille pour Wanda. Samuel rendait régulièrement compte des activités et des dépenses de la Fondation d'aide aux orphelins juifs. Côté Fabre, il y avait des dîners familiaux et une nuée d'enfants dont Wanda était la tante et qu'elle commençait à adorer gâter.

Ni à Hélène, ni à Samuel, elle n'avait rendu compte de sa visite à Berlin. Elle ne concernait qu'elle. Même les changements qui se produisaient dans l'âme de Hans Schomberg ne concernaient que sa seule fille.

Oui, à Paris, elle s'était forgé une vie douce et agréable. Mais elle retournerait à Spandau. Elle ne renierait pas Hans Schomberg.

Elle y pensait en repassant les chemises de Richard. Il en changeait beaucoup et, devant elle, s'en amoncelait tout un tas. Le repassage, ce n'était pas une corvée pour Wanda, plutôt un moment de détente. Elle lissait soigneusement les plis tout en écoutant vaguement à la radio musiques et nouvelles, fredonnant à l'occasion.

Elle tendit à peine l'oreille quand trois notes annoncèrent le bulletin d'informations. Il fallut qu'un speaker anonyme répète par deux fois son nom pour qu'elle sursaute. Que disait-il donc, que disait-il donc d'une voix atone et indifférente ?

A Spandau, le criminel de guerre Hans Schomberg, condamné à la détention à perpétuité pour son rôle dans la Solution finale, s'était donné la mort dans sa cellule. Suicide par pendaison. Un garde l'avait découvert à l'aube. Trop tard pour intervenir. Tous les efforts de réanimation s'étaient révélés vains.

Le speaker anonyme enchaîna avec une courte biographie. Rapide ascension dans l'appareil nazi. Trains de la mort. Fils tombé sur le front russe. Femme écrasée dans les décombres de Berlin. Il ne mentionna pas qu'il laissait derrière lui une fille. A Spandau, les autorités se refusaient à tout commentaire et apparemment n'avaient pas jugé bon de signaler l'existence de Wanda à la presse.

Elle s'effondra sur le tabouret le plus proche.

Il était mort et jamais, plus jamais, elle ne saurait. Elle pleura sur son père, sur elle, sur sa famille détruite. Fouillant son esprit, elle cherchait un sens à ce suicide.

La nouvelle que Wanda appréhendait depuis tant d'années, celle qu'elle se refusait à désirer, la nouvelle qui l'enfonçait dans la détresse et ensemble la libérait de son passé — elle se retrouvait en quelque sorte orpheline, séparée de son histoire, délivrée du poids de souffrance et de honte qui la tenait sous son joug depuis tout ce temps — cette nouvelle, donc, venait de la rattraper au moment où elle l'attendait le moins.

Et elle se souvint alors de l'une de ces séances de discussion qui avaient tenu lieu d'analyse avec le Dr Thierry Appelbaum, tandis que sa blessure était encore vive, quand elle avait désiré cette délivrance qui, aujourd'hui, lui était donnée, et elle se souvint encore de la raison qui la lui avait fait souhaiter.

Paris l'avait accueillie lorsque, trop jeune pour comprendre le contenu de sa fuite, elle avait décidé d'y venir chercher des réponses. La ville lui avait apporté le drame et l'amour, mais aussi, et peut-être était-ce là ce qui lui importait le plus, lui avait fait découvrir un peuple injustement haï des siens à travers une famille, les Finkelstein, devenue son second foyer. Oui, Paris avait répondu à son appel, mais ce n'était qu'un moment de sa vie, et la ville, aussi pleine de joie fût-elle, un lieu de passage et de métamorphose. Il lui fallait maintenant poursuivre son chemin, et, puisqu'elle était enfin totalement disponible, chercher une terre où elle pourrait faire pleinement réparation des fautes de sa nation. La Fondation n'y suffisait pas. Ce n'était, après tout, qu'un transit d'argent volé qui retournait à ses légitimes propriétaires et que Samuel gérait au mieux des intérêts de tous. La Fondation était un acte de justice. Elle devait à présent vouer son existence elle-même en s'engageant dans une œuvre qui soit pleinement un acte d'amour.

Elle n'entendit pas la clé qui tournait dans la serrure. Par hasard, entre deux consultations, Richard avait lui aussi entendu la nouvelle à la radio tandis qu'il se détendait en salle de garde, devant un café.

— Un coup de pompe, expliqua-t-il à un confrère, avant de jeter précipitamment sa blouse blanche dans le vestiaire.

Brûlant les feux rouges, il était arrivé au Luxembourg

en un temps record pour recevoir sa femme en larmes, pelotonnée dans ses bras.

— Il est mort et jamais…

Elle se demandait si elle n'était pas responsable de ce désastre. En rejetant sa fortune, elle avait du même coup rejeté son père, lui qui n'avait plus qu'elle. En la donnant aux juifs, elle avait trahi ses convictions, si erronées soient-elles.

Richard la laissa sangloter aussi longtemps qu'elle en éprouva le besoin.

Puis il lui expliqua qu'elle n'avait nulle raison de se sentir coupable. Qui pouvait savoir ce qui incitait un homme à se suicider ? Hans Schomberg n'avait devant lui qu'une longue vie d'enfermement. Huit années sans liberté et sous constante surveillance, il y avait de quoi dégoûter n'importe qui de l'existence. En plus, il savait sa fille désormais à l'abri, mariée et heureuse. Il était libéré de toute responsabilité à l'égard de quiconque. Pourquoi donc continuer à vivre ?

— Le remords, murmura Wanda. Et si c'était le remords qui avait conduit son père au suicide ? Si c'était là, sa rédemption et son rachat ?

Puis reprenant souffle elle se retourna vers Richard, le regarda et lui sourit, ne doutant plus désormais qu'il était son ange gardien. Aujourd'hui, plus que jamais, elle avait besoin de lui et il était auprès d'elle, la tenant serrée contre lui, la couvrant de baisers. Elle sentait avec une profonde joie qu'elle ne pouvait lui échapper, qu'elle ne voulait lui échapper. Alors à son tour elle l'embrassa tendrement avec reconnaissance et amour, et d'une voix légèrement altérée mais forte d'une volonté qu'il ne lui connaissait pas, elle lui murmura.

— Tu es mon *bashert*.

Richard ne chercha pas à comprendre. La douceur de la voix suffit à le convaincre que ces mots étaient des mots d'amour. Et il était heureux, rassuré.

— Avec toi, souffla-t-il à la jeune femme, avec toi j'irais au bout du monde.

— Je ne t'en demande pas tant, lui répondit-elle arborant un beau sourire radieux, Israël, tu verras, il paraît que c'est merveilleux. C'est une terre de miracles, une terre où le soleil luit toute l'année.

Ensuite la fille d'Hans Schomberg entreprit de préparer le repas qui allait fêter le mari qu'elle avait choisi et à qui elle s'était donnée.

Les journaux du matin et du soir relatèrent longuement l'événement. Le nom de Wanda n'apparut nulle part. Richard poussa un soupir de soulagement. Il aurait fait front si nécessaire mais il était heureux que sa femme ne soit pas la proie de journalistes en quête de sensations. Comment aurait-elle réagi devant sa photo, en première page, avec pour légende, en gros et gras : « La Fille du Bourreau » ?

Seuls à connaître la vérité, Samuel et Hélène ne surent trop que faire. Présenter des condoléances pour la mort d'un monstre pareil ? C'eût été trop leur demander. Hélène se contenta d'embrasser tendrement la jeune femme à sa première visite. Il n'existait pas de mot pour son chagrin.

Il en existait un, pourtant. Les responsables de Spandau qui n'avaient pas jugé bon de donner son nom en pâture à la presse expédièrent à son héritière, après les avoir normalement fouillés, les effets du défunt. Oh ! Pas grand-chose. Elle contempla tristement le petit tas : deux pantalons, deux chemises, un mince pull-over qui n'avait guère dû lui tenir chaud dans le cachot mal chauffé, pas plus que le court paletot ne l'avait sans doute abrité des frimas dans la courette pendant les rares promenades hivernales, un unique pyjama, ses rares lettres qu'il avait pieusement conservées, une montre de gousset.

Elle chercha frénétiquement. Quelque part, son père lui avait sûrement laissé un message.

Il était dans la poche du manteau, feuille froissée dénuée d'enveloppe. Les mots, elle connaissait déjà. La voix triste d'Hans Schomberg résonna à ses oreilles quand elle déchiffra : « Wanda, le monde change, les hommes aussi... »

En dessous, inespéré, en caractères d'imprimerie, il avait encore tracé : « Pardon ».

Pardon. Pardon à Wanda, aux hommes, aux juifs, au monde.

Et sur ce dernier mot, Hans Schomberg s'était pendu.

Wanda baisa la montre d'argent et la pressa contre son cœur.

Son père, elle avait eu raison de le pleurer.

Elle rangea la montre dans le coffret qui contenait les bijoux de sa mère.

ÉPILOGUE

Iom Haatsmaout, 8 h du matin.

La sirène résonna dans la ville et parmi tout Israël en ce clair matin d'avril. Le monde alors sembla s'immobiliser durant la minute du souvenir. C'était chose singulière et poignante de voir ces hommes et ces femmes de tous âges, tout un peuple comme frappé au milieu d'un geste ou d'un pas par une foudre invisible. Et chacun de délaisser soudain ses occupations du moment pour commémorer les victimes de la Shoah comme le voulait l'usage chaque année à même époque. Puis tous reprirent leur marche un instant suspendue, les voix qui s'étaient tues à nouveau se délièrent et la vie renoua, acheva l'ébauche du mouvement arrêté. Seule, au milieu de la foule, une jeune femme blonde aux yeux clairs demeurait sans bouger dans la fraîcheur du printemps tardif, indifférente aux passants qui la heurtaient, regardant sans le voir le monument qui se dressait devant elle et vers lequel elle se dirigeait quand elle avait été saisie. Wanda prolongeait toujours la minute de recueillement, elle étirait pour son compte la prière laïque de la nation où elle avait choisi de vivre ; elle avait tant à se faire pardonner et à pardonner, toutes les actions de son peuple et celles de son père. Jamais elle ne dérogeait à cette coutume ni à celle, plus douce et tendre à sa mémoire, d'envoyer aux Finkelstein, chaque nouvel an, un bouquet de roses de Jérusalem.

Composition réalisée par INTERLIGNE

IMPRIMÉ EN FRANCE PAR BRODARD ET TAUPIN
Usine de La Flèche (Sarthe).
LIBRAIRIE GÉNÉRALE FRANÇAISE - 6, rue Pierre-Sarrazin - 75006 Paris.
ISBN : 2 - 253 - 13750 - 2

31/3750/2